偽る王子
運命の糸の恋物語

Yoneka Yashiro
矢城米花

CHARADE BUNKO

Illustration

王一

CONTENTS

プロローグ

「ぅぅっ……やめ、ろ……っ……裏切り者っ！　お、お前、が……‼」

苦しげな呻《うめ》き声で、楊莉羽《ようりう》は眠りから覚めた。静かに上体を起こす。声の出どころは、部屋の反対側にある寝台で寝ている、自分の師匠だ。

（お気の毒に……）

自分が道士の陶雷鬼《とうらいき》に拾われたのは、八歳の時だ。以来十年、弟子としてともに暮らしているが、雷鬼が悪夢にうなされるのは珍しいことではなかった。何が原因なのかは知らないし、尋ねたこともない。自分も隠し事をしている以上、訊《き》けはしない。できるのはただ、雷鬼を悪夢から起こすことだけだ。

莉羽は自分の寝台から出て雷鬼に近づいた。寝台の横に膝《ひざ》をつき、そっと肩を揺する。

「……先生。先生」

「あ……あ、あぁ。莉羽か」

雷鬼が瞬《まばた》きして起き上がった。

明かり取りの窓から差し込む月光が、その左半面を照らし出す。

道士とはいっても、雷鬼はまだ三十になったばかりだ。西方の胡人《こじん》の血が混じっているのか、赤みがかった癖毛で髷《まげ》をうまく結えないため、髪をいつもばさばさに散らしている。頰《ほお》から顎《あご》にかけての線はがっしりと力強く、瞳《ひとみ》の光は強い。美形という言葉にはふさわしくないかもしれないが、荒削りで力強い造作は、女顔の莉羽から見れば羨《うらや》ましい。

けれども雷鬼は、自分自身の顔を厭《いと》っているようだった。胡人の血を引く特異な容貌《ようぼう》が目立つことと、右眉《みぎまゆ》から頰までを無惨な火傷《やけど》が覆っているためらしい。それを気にしてか、外出する際はいつも布を巻いて顔を隠している。

そのことが莉羽には痛ましくてならない。確かに火傷の痕《あと》はむごたらしいけれど、

（……こんなに綺麗《きれい》な眼《め》なのに）

雷鬼の眼は人より虹彩の色が薄く、金色がかっている。普段は深く澄んで、道士という職業にふさわしい叡智《えいち》をたたえているが、時として強い光を漂わせるさまは、夕映えを照り返す湖を思わせた。

しかし今、その瞳に浮かんでいるのは、悪夢のなごりの不安と恐怖、そしてそれを莉羽に気づかれまいとする焦燥の色だ。

「どうか、したのか？」

莉羽に問いかけてくる声がうわずっている。気づかないふりをして、莉羽は頼んだ。

「そばで寝かせてもらえませんか？　また、怖い夢を見たんです」

自分も、子供の頃はしばしば恐ろしい夢にうなされた。だが雷鬼という頼もしい保護者を得たせいか、徐々に悪夢から解放された。けれど雷鬼は今でも、月に一度はうなされている。どれほど恐ろしい目に遭ったのかを考えると、痛ましくてならない。

「夢、か……」

大きく深い息を吐いて雷鬼は身を起こし、寝台の端に寄った。

「早く入れ。風邪《かぜ》を引く」

莉羽が入りやすいよう、片手で藁布団《わらぶとん》を持ち上げてくれる。莉羽は雷鬼の隣に並んで横たわり、そっと腕につかまった。子供の頃から何度もこうして添い寝している。昔は雷鬼の広い胸にしがみついたけれど、いつからか気恥ずかしくてできなくなっていた。

莉羽の背を撫《な》でたあと、雷鬼が問いかけてきた。

「俺は、うなされていなかったか？」

「気がつきませんでした。私も、怖い夢を見ていましたから」

嘘《うそ》をつくのは、雷鬼の自尊心を傷つけたくないからだ。

「……そうか。ゆっくり休め。俺ももう一度眠る」

莉羽は雷鬼の肩に頬を寄せた。体温が心地よかった。

こうしていれば、雷鬼の悪夢を追い払える。だから雷鬼がうなされた時にはいつも寄り添っている。

強くて頼もしい雷鬼だけれど、悪夢にうなされた時だけは、莉羽より幼い子供のように見える。恐怖に全身の筋肉がこわばり、心臓はどくどくどくと、今にも破れそうなほど速い鼓動を刻んで、声も普段よりかすれている。どれほど恐ろしい目に遭ったのか、どれほど長い間その恐怖に囚《とら》われているのか、考えると可哀想《かわいそう》でたまらない。本当はその頭を自分の胸に抱いて、慰めたい。

(……馬鹿げてる。私の方が先生より、ずっとひ弱なのに。先生にいつだって、助けてもらうばかりなのに)

莉羽は苦笑してまぶたを閉じた。初めて雷鬼と会った日のことが脳裏をよぎった。さらに、雷鬼にさえ隠している昔の出来事も、記憶の底から甦《よみがえ》ってきた。

(だめなんだ。誰にも言えない……人に知れたら、殺される。先生にまで迷惑がかかってしまう)

自分がかつて王子だったこと——そして今は、新政権から追われる逃亡者であることは、誰にも明かせなかった。

1

莉羽の人生が引っくり返ったのは、十年前だ。

それまでは、第二王子として平穏で幸福な日々を過ごしてきた。

唯一、災難に遭ったといえば、三歳の時、崖崩《がけくず》れに巻き込まれたことぐらいだ。

この国には、子供が三歳になると国で一番高い天富山《てんぷさん》に登り、山頂の祠《ほこら》で今後の加護を祈る風習がある。参拝の帰り、崖崩れに巻き込まれたのだ。しかしその時でさえ莉羽は、崖の途中にある苔《こけ》が厚く生えた岩棚に乗っていて、無事だった。

その後は、祭事の時以外はほとんど後宮から出ることもなく、両親や兄に可愛《かわい》がられ、乳《う》母《ば》や大勢の侍女にかしずかれて、何不自由なく育ってきた。

だがある日を境にすべてが変わった。莉羽が八歳になった年のある日、反乱軍が王宮を襲撃したのである。国王である莉羽の父も、王太子の兄も殺された。

そのあと、反乱軍は後宮を急襲した。

直前に、窓の外で鴉《からす》がひどく騒いだ。あとで思えば、警備兵が殺された血のにおいに反応して騒いだのだろうか。

けれど莉羽も、母である王妃も侍女たちも、それには気づかなかった。

後宮にいるのは基本的に女ばかりで、男は宦官《かんがん》と、第二王子の莉羽だけだった。そのため誰一人として、鴉が鳴き騒ぐ声を、血なまぐさい出来事と結びつける判断ができなかったのかもしれない。それ以上に、反乱軍の王宮侵略があまりにも迅速だった。

反乱とは知らなかったが、莉羽は『ここはいやだ、兄上のところへ行く』と駄々をこねた。鴉の声が大嫌いだったからだ。

なぜこれほど嫌いなのか、自分でもよくわからない。ただ、山参りで崖崩れに遭った時、男の呻き声や崖崩れの大きな物音に混じって、鴉の騒ぐ声がしていたことを覚えている。そのせいかもしれない。三歳の時なので記憶は不明瞭《ふめいりよう》だが、そのせいかかえって、恐怖感だけは強く心に残っている。その象徴が鴉の声だ。

莉羽は鴉の声から逃れたくて、兄のもとへ行くことにした。莉羽は優しい兄が大好きだったが、すでに十五歳を過ぎた兄は後宮を出て、自分の小離宮で暮らしていたのだ。

――それが、莉羽の命を救った。

女官長の祥華《しようか》に連れられて、莉羽は着替えに向かった。しかし広い通路を歩く途中で、何か不穏な声や物音が響いてきた。

反乱とまでは思わなかったのだろうが、用心深い祥華は『怪しい者が侵入したのかもしれません、隠れてください』と、莉羽をすぐそばの部屋へ入れた。そこは予備の寝具を保管する部屋で、莉羽は隠れんぼと思って大喜びし、布団の隙間《すきま》にもぐり込んだ。

祥華は莉羽の思い違いをむしろ好都合と見たのか、『隠れんぼの鬼が捜しに来るかもしれないけれど、決して見つかってはだめですよ』と言い、様子を見に行った。莉羽は言われた通り、じっと息をひそめて隠れていた。廊下から金属の打ち合う響きが聞こえた時も、荒々しい足音が走っていった時も、動かなかった。そのうち、眠ってしまった。

衣服や顔を煤《すす》で汚し、髪を振り乱した祥華が莉羽を連れ出しに来たのは、どれほど時間がたったあとだったろうか。驚く莉羽に『今度はお芝居ごっこです』と言い、古びた麻の着物をまとわせ、髪を童女のように結び直した。さらに顔を煤で汚したうえ、手を軽く酢に浸して肌を荒れさせてから、後宮の外へ連れ出した。

途中で、何かおかしいとは思った。だが祥華の目つきには、質問を許さない厳しさと、莉羽を案じる真剣な色があった。だから黙って従った。

その日の騒ぎが反乱だったと莉羽が知ったのは、かなりあとだ。

反乱の首謀者は、莉羽の遠縁にあたる王族の若者だった。彼の主張は、

『三代前の王が偏愛する第三王子に跡を継がせ、長子の血筋をないがしろにしたのが、最近の干魃《かんばつ》や疫病の原因。血統を正せば天の怒りはおさまる』

だったらしい。反乱の真の黒幕は、盧範賛《ろはんさん》という宦官で、新王はその傀儡《かいらい》にすぎないとい

う噂《うわさ》も聞こえてきた。だが幼い莉羽には理解できなかった。意識に引っかかっていたその話が、どういう意味かわかったのは、何年もたってからのことだった。

当時は、逃げることに必死だった。

反乱軍は完全に王宮を制圧した。父も兄も、反乱軍の急襲によって殺され、母は囚われの身となった。それで満足したのか、反乱軍は、戦乱を恐れた一般人が逃亡することまでは止めなかった。後宮でも、宦官や愛妾《あいしょう》は殺されたが、下級の使用人は見逃された。

ここで祥華の用心が役に立った。

王宮を脱出しようとする者は大勢いた。絹の衣装を着ていたり、荒れていない綺麗な手の者が、愛妾や重臣ではないかと疑われて捕らわれる中、莉羽と祥華は、『下働きの女とその娘』という言い抜けが通り、王宮から出ることができた。もともと莉羽は小柄で女顔だったため、童女に化けても違和感はまったくなかったし、幼い第二王子の顔はあまり人に知られていなかったのだ。逞《たくま》しく大柄な兄王子の印象が人々には強かったのか、第二王子は凛々《りり》しい少年と思われている節があった。

童女に化けた莉羽は無事に王宮を抜け出した。

二人きりになった時、安堵《あんど》の表情で祥華が呟《つぶや》いた。

「きっと大丈夫、逃れられると思っていたんです。莉羽様は運が強くていらっしゃいますから。……ほら、山参りの時だって、崖崩れに巻き込まれて、道から落ちてしまって。それでも、崖の途中の岩棚に載せられてご無事だったんですものねえ」

「載せられた？」

「ええ。誰も信じてくれませんけれど、私は見ましたもの。雲に乗った人影が、飛び去っていくのを。あれはきっと山の神様です。幼い莉羽様を哀れに思って、受け止めて助けてくださったんですよ」

何かが莉羽の記憶に引っかかった。落ちる自分の背中を支えたのは、誰かの手だったのだろうか。抱きとめられたような気もする。

（大きな手……山の神様？　そういえばなんだか、眩《まぶ》しかった。でも……神様があんな苦しそうな声を出すかな？）

自分の記憶に残っているのは、崖崩れの大きな物音と、男の呻き声、鴉の鳴き声だ。崖崩れでは、山参りの供にかなりの死傷者が出たそうだから、そういう人々の呻き声が莉羽の記憶に混じっているのかもしれない。はっきりとは思い出せなかった。

ともかく無事に王宮を脱出した二人は、王国北東部の錦州《きんしゅう》をめざすことになった。祥華の伯父が、地方豪族として一つの村を治めているのだという。

「貢河《こうが》を越えて都を遠く離れた田舎《いなか》ですから、きっと反乱軍の手も及びません。畏《おそ》れ多いことながら、莉羽様は私の子供ということにいたしましょう。反乱の巻き添えで夫が殺され、恐ろしくなって逃げてきたと言えば、誰も怪しみますまい。……仇《かたき》を討てずに逃げるのはご無念でしょうが、今は生き延びることが大事なのです」

祥華はそう諭したが、必要はなかった。莉羽の心は悔しさよりも恐怖で占められていた。誰からも崇《あが》められ敬われていると思っていた父も、優しかった母や頼もしかった兄も、無惨に殺され、鴉の餌食《えじき》になってしまったのだ。仇を取りたいという気持ちよりは、あんなふうに殺されるのはいやだという思いの方が、はるかに強かった。

「わかった、祥華。……ううん、母上」

「ああ、莉羽様は聡《さと》くていらっしゃいます。けれど母上という言葉はいけません。『母さん』とお呼びください。私も下々の言葉を使います。……わかったね、莉花《りか》」

こうして二人の逃避行は始まった。だが反乱に引き続く政権交代で、王国内の治安は乱れきっていた。そんな中を、無力な女と子供が無事に旅することなど、できはしなかった。


「……莉花、大丈夫？　疲れたのなら背負おうか？」

莉羽の手を引いて山道を歩く祥華が、案じ顔で問いかけてくる。

反乱から一ヶ月、祥華がわずかに持ち出した宝飾品を食べ物や着る物に換えて、逃避行を続けている。しかし王国北東部の錦州は、まだまだ遠かった。

新政権の追っ手に見つからないよう、人通りの多い街道を避け、猟師や樵《きこり》が使うような細道だけを選ぶことが多い。その分、足元は悪く歩きにくかった。まめがつぶれた足が痛い。それでも荷物を提げた祥華はもっと疲れているはずだ。莉羽は首を左右に振った。

「大丈夫、母さん。まだ歩けるから」

「莉羽様……莉花は、本当にいい子だこと。峠《とうげ》を越えたら、一休みしようね」

頷《うなず》きかけて、莉羽は身をこわばらせた。

鴉の騒ぐ声が聞こえる。

全身の体温が下がる気がした。もともと嫌いだった鴉の声は、反乱以来、莉羽にとって恐怖の象徴となっている。

（いやだ……父上、母上……兄上まで、あんな姿に……）

下働きの母子に扮して王宮を逃げ出した時、莉羽は、一生忘れられなくなる光景を見てしまった。

王宮前にある広場では、二日前に王族の処刑が行われ、まだ死骸《しがい》が晒《さら》されたままだったのだ。父と兄は斬られた首を台に載せられ、母は絞首刑にされていた。そのうえ遺骸を鴉が群がって食い荒らしていた。母の眼窩《がんか》は黒い穴と化し、父の顎は肉を食われて歯と骨がむき出しだった。

あまりにも無惨な光景に、莉羽だけでなく祥華までもが悲鳴をあげたほどだ。

幸い、広場を通る避難民に悲鳴をあげる女子供は少なくなかったため、警備兵の目に止まることはなく、無事に都を出ることができた。けれどもこの時、莉羽にとって鴉の声は単なる嫌悪の対象から、恐怖の象徴となった。

その鴉の声がすぐ近くから聞こえてくる。莉羽は祥華の腕にぎゅっとしがみついた。

「どうしたの……ああ、鴉？　そうね、妙に騒がしいけど……」

祥華も不安を誘われたらしい。莉羽を抱き寄せて周囲に視線をめぐらせ――ひっ、と音をたてて、息を吸い込んだ。

藪陰《やぶかげ》から、山刀や矛を持った男たちが現れたのだ。莉羽を捜す兵士ではない。武装もまちまちだし、顔には下品な笑いが浮かんでいる。山賊だ。

「なんだ。年増とガキか」

「貧乏くせェ連中だ。これじゃ金目の物は持ってねェな」

「そりゃあ、あの連中みたいな、掘り出し物はなかなかいねえだろうよ」

あの連中、と言った男の視線につられて、莉羽は藪の切れ目に目を向けてしまった。

まず血まみれの手足が見えた。衣服を剝《は》ぎ取られた男女が何人も倒れていた。皆、息絶えている。鳴き騒ぐ鴉は、死者をついばむために集まってきたのだ。

「見てはだめっ！」

震え出した莉羽を、祥華が胸に抱き込んで、その場にへたり込む。悲鳴のような声で男たちに懇願するのが聞こえた。

「み、見逃してくださいまし！　お渡しできるようなものは、何も持っていません。夫が死んで暮らしが立ちゆかなくなって、田舎の親戚《しんせき》を頼っていくところなんです……どうか、見逃してください。お願いします、お願いします！」

莉羽と祥華を取り囲んだ男たちが、笑い混じりの声で喋《しゃべ》っている。

「……だってよ。どうする」

「確かに着物はボロいし、大年増じゃなあ。この前みたいな若い女なら、山塞《さんさい》へ連れて帰るところだが……」

「だけどよ、逃がしたら役人に知らせるだろう。それにこいつはババアだが、ガキはなかなかの上玉みたいだったぞ。……おい、ガキの顔を見せろ」

毛むくじゃらの太い腕が祥華を押しのけようとした。その瞬間、祥華が狂乱した。

「やめて、触らないで！　せっかく無事に、ここまで逃げてきたのに……‼」

「いててっ……」

引《ひ》っ掻《か》いたのか、叩《たた》いたのか。莉羽には見えなかった。とにかく祥華は、莉羽を守ろうとして山賊に何かしたらしかった。

それが男を怒らせたらしい。

「このアマ……よくも‼」

眩しい光が莉羽の目を射た。山賊が抜きはなった剣が陽光を反射したのだ。

思わず目をつぶった時、なんともいやな重い音が鳴った。肉売りが大庖丁《おおぼうちょう》を肉の塊に叩きつける音に似ていた。莉羽を決して離すまいとするように、痛いほどの力でつかまえていた手が、ゆるむ。ずるずるとすべって、落ちた。

「母さん、ん……？」

血のにおいが空気を生臭《なまぐさ》く染めた。

地面に倒れ伏した祥華の首すじから、勢いよく血が流れ出している。

（死ん、だ……？　祥華……死んじゃった、の？）

鴉の声が聞こえる。父や母、兄の死にざまが脳裏をよぎる。莉羽は声も出せず、身動きさえできず、地面にへたり込んだまま、息絶えた祥華を見つめていた。

盗賊たちが笑いながら喋っている。

「あーあ、殺しちまった。相変わらず気が短いな、お前は」

「しょうがねェだろう。手向かってきたんだから……それよりこっちのガキだ。おい、顔をよく見せな」

「やっ……い、痛い！」

節くれ立った手が伸びてきて、莉羽の左手をつかまえる。引きずり起こして立たせ、もう片方の手で顎をつかんで仰向《あおむ》かせた。

「ほーら、俺の見立て通りだろう。もう五、六年もすりゃすげえ別嬪《べっぴん》になる顔だぜ」

男たちの視線が莉羽に集中した。薄汚く濁った欲望で彩られた目つきに、莉羽の全身が鳥肌立つ。

「いくつだ？　十にはなってるか、もっとガキか？　乳はまだ、全然ないな」

顎をつかまえていた手が、今度は莉羽の襟元をはだけた。乳首があらわになる。

「やぁっ……‼」

男たちが何をしようとしているのか、八歳の莉羽にはまだわからない。それでも、何かひどくいやな予感がした。男たちの笑う声が聞こえた。

「つるぺただな。顔もガキくせぇし、生娘じゃねえか？」

「だったら試させてくれよ。俺はまだ初物を犯《や》ったことがねぇんだ」

「馬鹿言うな。高値で売れそうなのに、なんでお前に……」

「もう少し育ってりゃともかく、ここまでガキだと買い叩かれるだろう。それなら売る前に皆で輪姦《まわ》してもいいじゃねえか」

盗賊たちは莉羽が女装した少年だとは思ってもみないらしい。男だと白状すれば、見逃してもらえるだろうか。しかしなぜ女装していたのかを追及されたら、正体がばれるかもしれない。王宮へ引き渡されたら、間違いなく処刑される。

莉羽が固まっている間に、別の山賊が死んだ祥華の体を探って、金目の物を取り去った。

「見ろよ。珊瑚《さんご》と象牙《ぞうげ》の飾り玉だ。みすぼらしい格好のくせに、大したお宝を隠していやがった」

「他には……なさそうだな。どうするよ、こいつ」

「他の連中と同じだ。横の藪へ蹴《け》り込んどきゃいい。あとは鴉や山犬が片づけてくれるさ」

最後の言葉が、莉羽の意識に突き刺さってきた。

両親や兄だけでなく、自分を救い出してくれた祥華までが、鴉の餌にされてしまうのか。

広場と山中の違いこそあるにせよ、あの無惨な有様で――。

鼓膜を打つ鴉のいやな鳴き声が、莉羽の血を沸騰させた。

「あ、ぁ……うあああああぁーっ!!」

莉羽の喉《のど》から、絶叫がほとばしった。全身が燃え上がるように熱い。怒りだと気づいたのは、もっとあとのことだった。

つかまえられているのは左手だ。右手は動かせる。莉羽は、自分の前にいる山賊が腰に帯びていた短剣を引き抜いた。思い切り突き出す。

「うわっ!?　こ、こいつ……!!」

必死の反撃だった。

けれど短剣を通して手に伝わってきたのは、異様な硬さだ。目標を見ないまま突き出した短剣は、盗賊が身につけた革の剣帯に当たっていた。子供の力で突き破れるわけもない。

「この、クソガキ！」

張り飛ばされた。自分の体が宙を飛ぶのを感じた。肩から地面に落ちる。凄《すさ》まじい衝撃に、目の奥が赤く揺れた。脳がぐらぐら揺れているようで、身を起こすことさえできない。

「おいおい、何やってんだ。貴重な売り物に」

「こいつ、俺を刺そうとしやがったんだ。この革帯が刃を止めなかったら、大怪我《おおけが》してるとこだぞ」

忌々しげに吐き捨てた男が、倒れたままの莉羽に歩み寄ってきた。

「ガキだと思って手加減してりゃ……我慢ならねえ。売り飛ばす前に、ぶち込んでやる。俺が一番先だ。いいな？」

荒っぽい口調に、他の男たちも気圧《けお》されたらしい。制止の言葉は出なかった。

男は莉羽のそばに身をかがめた。平らな胸を撫で回したかと思うと、米粒半分ほどの小さな乳首に爪を立てた。

「あぁうっ！　痛い、やめてっ……‼」

「うるせぇな。このくらいで騒ぐな。すぐに別の場所がもっと痛くなるんだからよ」

嗜虐《しぎやく》的《てき》な笑みを浮かべて、男が莉羽の着物をむしり取りにかかる。脱がされまいと両手で生地をつかんで引っ張ったが、力でかなうわけはなかった。

「せーのっ……な、なんだ⁉」

男が狼狽《ろうばい》の声をあげた。視線は、むき出しになった莉羽の下半身に縫い止められている。

「こいつ、男じゃねェか！」

「女の格好だったのに……すっかり騙《だま》されたぜ。どうする」

「どうもこうも……」

忌々しげな顔で莉羽を見下ろし、男たちが口々に言い合う。さっき莉羽に斬りつけられた男が、まだ怒りを含んだままの声で言った。

「男でも構うかよ。穴はあるんだからな。ヒィヒィ言わせてやらなきゃ、気がすまねぇ」

「まあ、な……それに男だったら、生娘かどうかで売り値が変わることもないし」

「じゃあ輪姦《まわ》しちまうか。押さえといてやるよ」

へらへら笑いながら無造作に言った男が寄ってきて、倒れている莉羽の横にしゃがみ込んだ。両腕をつかんで頭上へ引く。別の男がかがみ込み、莉羽の幼い肉茎をはじく。

「あぁぁっ！」

莉羽は大きくのけぞり、悲鳴をあげた。ふざけてはじいただけであっても、やわな肉茎に大人の男の力は強すぎた。盗賊たちが下卑た声で笑う。

「いい声じゃねえか」

「お前、いくつだ？　剝《む》いてやろうか」

「ひっ……やぁあっ！　痛い、痛いぃっ‼」

無理矢理先端の皮を剝き下ろされ、激痛が走る。泣きじゃくる莉羽の姿が嗜虐心をそそるのか、男たちの笑声が一層大きくなった。

「声も顔も、たまんねえな。もう少し育ってりゃサイコーだったのに」

「悪戯《いたずら》はいいから押さえてろ。ぶち込むんだからよ」

「入んのか？　細い体だし、穴もどうせ小さいんだろう」

「裂けて血が出りゃ、すべりがよくなるさ。……小生意気な真似《まね》をした罰だぜ、クソガキ。こいつがお前の中へ入るんだ、よーく見とけ」

「い、ゃ……」

足元にいる男が、袴《はかま》をずらす。現れた赤黒い肉は青筋を浮かせ、莉羽の腕と変わらないほどに大きい。泣き濡れた莉羽の眼には、凄まじく醜悪なものに映った。

「いや……助けて……」

ふるふると首を振り、涙声で懇願した。だが男の淫《みだ》らな笑みは一層深まるばかりだ。莉羽の腰をつかまえて抱え上げ、引き寄せる。いったん宙に浮いた双丘に、不快な熱と弾力を持ったものが当たった。

莉羽の心臓は、今にも破裂しそうなほど激しく拍動した。男たちが自分に何をしようとしているのか、はっきりとはわからない。けれどひどく淫らで、ことによると殺される以上に厭わしいことなのだと、男たちの口調や表情が言っていた。

息が荒くなりすぎて、胸が苦しい。だがそれ以上に、自分の双丘の谷間をずれ動く、肉質の感触が気持ち悪い。

「へへへっ、ここかよ。さーて、どんな味か……」

後孔に何かが当たった。あの醜怪な牡《おす》に違いない。突き破ろうとするかのような力で押される。痛い。怖い。気持ちが悪い。

「やっ……いやだあぁっ！　助けて、父上、母上ーっ‼」

ずっと封じてきたはずの言葉遣いがこぼれ出る。

莉羽は泣きわめき、必死に身をよじって逃れようとした。だが他の男たちの手が伸びてきて、手足を押さえつけた。口にも大きな掌《てのひら》が貼《は》りついた。声が出せない。

絶望が胸を押しつぶしかけた、その時だった。

「そこで何をしている？」

くぐもってはいるが、気迫のこもった声が響いた。

「……っ……」

莉羽は息を詰まらせた。

なんなのだろう、この感覚は。声を聞いた瞬間、胸にあふれた熱い思いを、なんと呼べばいいのだろう。懐かしさ、安堵感、渇望——すべてが混じっているような、どれとも違うような思いが、莉羽の胸を満たす。

盗賊たちの隙間から、莉羽は懸命に相手を確かめようとした。

立っていたのは、異様な風体の大男だった。

筒袖《つつそで》の着物の上に、獣の毛皮でできた袖なし羽織を着て、丈の短い袴に脚絆《きゃはん》という格好だ。矢筒を背負い、短弓を腰から提げ、山刀を手にしているあたりは、一見猟師のように思える。大きな黒い犬を連れているのも、それらしい。

だが顔が見えなかった。額から顎まで、黒い布をぐるぐると巻きつけ、目だけを出しているせいだ。

盗賊たちもとまどったらしい。それでも、相手はたった一人、こちらは大勢という腹があったのだろう。犬など、脅かして追い払えば充分とでも思ったのかもしれない。

莉羽を取り囲んでいたうちの二人が、黒覆面の男に向き直り、大股《おおまた》に近づいた。

「この野郎。変な格好して、何を粋がってやがる」

「てめえ、知らねえのか。この街道を仕切ってる、張大宗《ちょうたいそう》一味の……」

「つまり、毒虫か」

盗賊の言葉を遮って、覆面の男が呟いた。山刀が風を切って唸《うな》る。

一瞬の静寂のあと、水を地面にぶちまけるような音と、大きな石が地面に落ちるのに似た重い音がした。覆面男に近づいた盗賊二人が、どうと倒れる。その体に首はない。切り飛ばされた頭は、先に地面へ転がっている。

「何っ……」

盗賊たちが息を呑《の》む。

地面へ落ちた頭の一つが、傾いて転がった。驚愕《きょうがく》に口を開いたままの顔が見え、莉羽の体が勝手に震え出した。

「こいつ、よくも！」

突然仲間を殺された山賊たちは激昂《げっこう》した。恐怖に固まっている莉羽を放り出し、剣や矛を手にして覆面男に向き直った。

「ぶっ殺せ！」

「油断するな、取り囲んで……ぎゃあああっ‼」

罵声《ばせい》が悲鳴に変わったのは、地を蹴って跳んだ黒犬が一人の喉笛へ食らいついたせいだ。

覆面男も風を巻いて走り、山賊たちに刀を振るった。一人、また一人と倒れていく。

しかし山賊は十人以上いる。一人が振るった槍《やり》が、男の顔をかすめた。

「……っ！」

黒布が切れて、はらりと落ちた。

莉羽は短い悲鳴をあげた。むき出しになった男の右半面は、無惨に焼けただれていた。髷を結っていない髪はばさばさで、なすりつけた血が乾いたような赤茶色だ。侍女が話してくれた昔話に出てきた、深い山中に住み人を取って食う妖怪を思わせる、恐ろしい姿だった。

「うわっ！　な、なんだ、こいつ⁉」

「化け物か⁉」

凶暴な山賊たちも、男の素顔を見て怯《ひる》んだらしい。仲間が次々と殺されたのも、戦意を奪ったのだろう。

一人が背を向けたのをきっかけに、生き残っていた山賊が逃げ出した。黒犬が追いかけ、一番後ろにいた山賊を引きずり倒し、喉笛に食らいついた。残る二人は草をかき分け、必死に走っていく。

男は追わなかった。代わりに何か唱えて片手を振った。

その手から飛び出したのは、火花を散らす眩しい光球だ。逃げる山賊たちに向かってまっすぐ飛び、炸裂した。轟音《ごうおん》と悲鳴が響いたあとは、しんと静まり返る。山賊は全員、倒されたようだった。

道端に取り残された莉羽は、裸身を覆い隠すことも忘れ、がたがたと震えていた。大男の焼けただれた顔が怖すぎて、逆に視線を外せない。

この男はきっと、山の化け物だ。次は自分が殺される番だ。

大男が振り返った。莉羽の視線に気づいたらしく、切れた黒布を引っ張った。できるだけ右半面を隠そうとしているようだ。

「すまない。醜いものを見せたな。気持ち悪かっただろう」

困ったような、恥じているような、小さな声だった。

意外さに胸を突かれて、莉羽は男の顔を見つめた。とはいっても、布の隙間から見えるのは、ばさばさに乱れた髪と、瞳だけだ。

普通よりも虹彩の色が薄く、金色に近い琥珀色《こはくいろ》のその眼を、莉羽は綺麗だと思った。

黙ったままの莉羽に男がもう一度詫《わ》びてきた。

「怖かっただろうな。すまない」

瞳が哀《かな》しげに曇るのを見た瞬間、恐怖でいっぱいだった心がくるりと反転した。男を怖いと思う気持ちは跡形もなく消え、声を聞いた時に感じた、慕わしさが戻ってくる。

この人は山の化け物などではない。たとえ怪物であっても、心はあの山賊たちよりずっと優しい。素顔を『醜いもの』と言ったところを見ると、今まで何度もそんなふうに言われ、嫌がられてきたのだろう。

助けてもらったのに、命の恩人にいやな思いをさせた――そう思うと、申し訳なくて哀しくて、たまらなくなった。

「ごめん、なさい」

「なぜ、お前が謝る」

「怖がったりして、ごめんなさい。びっくりして、それで……」

莉羽は男の顔を見つめた。布の端からわずかに、焼けただれた引きつれが覗いていたが、もう少しも怖いとは思わなかった。むしろ今感じるのは痛ましさだ。どうやらあれは火傷の痕らしい。古い傷に思えるけれど、負傷した時にはどれほど痛くて苦しかったことか。想像しただけで胸が塞《ふさ》がる。

「いやな気分にさせて、ごめんなさい。それから、あの……助けてくれて、ありがとうございます」

それでも男の暗い目つきは変わらない。すぐには莉羽の言葉を信じられないのかもしれない。顔をそむけ、離れた場所にいる黒犬を呼んだ。

「黒耀《こくよう》、逃げた者はいないな？　もういい、戻ってこい」

犬の名は黒耀というらしい。呼び返されて、主のもとへ戻ってくる。火傷の男と、固まったままの莉羽を見比べたあと、莉羽のそばへ寄ってきて、涙に濡れた頰を舐《な》めた。

「……」

いたわるような仕草が心にしみる。莉羽は無言のまま犬の首に抱きついた。

その背に、ふわりと、布がかけられた。見てみると、盗賊に剝ぎ取られた自分の着物だ。

覆面男の、くぐもった声が降ってくる。

「ひどい目に遭ったようだが、怪我はないか？　傷薬なら持っている」

盗賊たちに向けた厳しい声音とはまるで違う、どういう態度で対峙《たいじ》していいかわからないとでもいうような、困惑に満ちた口調だ。やはりこの人は怖くない、優しいと感じた。

そしてもう一つ、莉羽は気づいた。

（声が少し、兄上に似てる）

きっとそのせいで、初めに声をかけられた時、懐かしい気がしたのだろう。

両親と兄の無惨な死を目の当たりにし、今また祥華を殺された。近しい人を次々に失った莉羽にとっては、男の声が兄に似ているだけでも拠《よ》り所《どころ》を得たような気持ちになる。

黒耀の毛皮に埋《うず》めていた顔を起こし、莉羽は男をじっと見つめた。布の隙間から見える男の眼が、さらに困惑の度合いを深めた。

「お前、男の子なのか？　どうして女の格好を……」

「……魔除《まよ》け。魔除けになるからって、祥……か、母さんが」

男だとばれた時に使うよう教えられていた言い訳を、莉羽は口にした。危うく『祥華』と呼び捨てにしそうになったが、言い直した。納得したように男が頷く。

「堂州《どうしゅう》や臨陽《りんよう》などの地方では、そういう風習があるらしいな。向こうの出身か。……ところで、あれはお前の母親か？」

「……そう、です」

「気の毒に……遺骸はどうする？　街へ下ろすと、役人にあれこれ問いただされるに違いないが、子供のお前では、答えるのが難しかろう。かといって俺が一緒では、なおややこしいことになる」

役人という言葉を聞き、莉羽は激しく首を振った。素性を知られないために、役人や兵士などには絶対関わるなと祥華に厳しく言い含められていた。

「街へ下ろすのはいやか。しかし弔うといっても、ここでは……燃せるような場所はないし、薪《まき》になりそうな枯れ木も」

「埋めて！」

男の言葉を遮り、莉羽は叫んだ。荼毘《だび》に付すことが難しいと知らされた瞬間、野晒しになった祥華が鳥獣に食い荒らされる様子が、まざまざと脳裏に浮かんだ。実の父母と兄が処刑された時の光景が、その想像と二重写しになる。血の色にも似た夕焼け空を舞い狂う、不吉な鴉の群れ――莉羽にとって、あれほど忌まわしいものはない。

「お願い、埋めて！　鴉につつかれないように……父上や母上みたいにならないように、深く埋めて！　お願い……!!」

「父上や母上？　お前、さっきはその女を母親だと言って……養子か？」

「！」

莉羽は慌てて自分の口を押さえた。『父上、母上という言葉を使ってはいけない』、『祥華の娘の莉花と名乗らなければいけない』とは、繰り返し注意されていたことだ。いくら優しい人であっても、初対面の相手に喋っていいことではないことぐらい、八歳の頭でも理解できた。一番厳重に言われた、『第二王子だと人に知られてはならない』という注意だけは守っているが、それで大丈夫だろうか。

男が困ったように呟いた。

「いろいろとわけがあるようだが、さて、どうしたものか……。ともかくお前の身の振り方だ。身寄りはいるか？　いるならそこへ連れていく」

莉羽は口をつぐんだまま、かぶりを振った。祥華は錦州へ行くと言ったが、それ以上詳しいことは聞いていないし、自分の身内ではない。

黒耀が再び、慰めるように頬を舐めてくれたので、首に抱きつき、肩口のふかふかした毛皮に頬ずりする。温かくてやわらかくて日なたのにおいがして、気持ちが安らいだ。

「身寄りはいないか……困った、どうしたものか。いや、ともかく埋葬を先にすませよう。鳥や獣に荒らされないように、深い穴を掘ればいいのだな？　そちらにも何人か殺されているな。一緒に埋めてやるのがよさそうだ」

莉羽の願いを聞き届けて、祥華を埋めてくれるらしい。

男は道を逸《そ》れた斜面に踏み込み、何か唱えた。炸裂音が数回聞こえて、雑木や草が飛び散った。土煙が上がる。術で穴を掘ったようだった。そのあとで男は街道へ戻ってきて、服が血で汚れるのも構わずに祥華を担ぎ上げた。

「あの松の木が目印になるだろう。埋めたあと、石を墓標の代わりに置いておく。もしいつかここを通ることがあったら、花でも供えてやるといい」

莉羽は黙って頷いた。

反乱の日、祥華は機転を利かせて自分を助け、一ヶ月間も面倒を見てくれた。親子を装ったのは、追っ手の目をごまかすためだったが、鴉の声に怯《おび》える莉羽を抱きしめてなだめてくれる祥華は、母代わりと言ってよかった。その祥華が死んでしまったという事実が、ひしひしと身にしみる。

また涙が出てきた。男が困ったように呟いた。

「泣くな。埋葬はきちんとすませてやる。身寄りがないなら、身の振り方が決まるまで面倒を見る。だから、もう泣くな」

ぶっきらぼうだが、口調は困惑そのものだ。やはり優しい人だ——そう思って莉羽はなんとか、涙を止めようとした。黒犬がまた頬を舐めてくれた。

その夜、莉羽は男と黒犬と一緒に、山中にある小屋に泊まった。

黒耀は自分の食料になる小動物を狩りに行ったらしく、小屋には入ってこなかった。旅の途中だという男が、携帯食の餅《もち》を焼いて莉羽に与えてくれた。食欲はなかったが、男の厚意を無にしたくなくて食べた。

祥華を殺された衝撃はあまりに大きく、到底眠れないと思っていたが、疲労と緊張も大きかったのだろう。莉羽はいつのまにか寝入ってしまっていた。

その眠りが破れたのは、苦しげな呻き声のせいだ。

最初は悪夢の中の声かと思ったが、まぶたを開け、体を起こしても、呻き声はまだ聞こえている。屋根の破れ目から差し込む月明かりを頼りに、小屋の中を見回した。男が何度も寝返りを打っているのが目についた。うなされているようだった。呼びかけて起こそうと思ったが、まだお互いに名乗ってもいない。莉羽は膝立ちで男ににじり寄った。

しかし四尺ほどの距離に近づいた途端に、凄まじい勢いで男が跳ね起きた。いつの間の早技か、片手が杖《つえ》を構えている。莉羽は小さな悲鳴をあげて固まった。

男が大きく息を吐いて杖を下ろした。

「お前か。……どうしたんだ」

「ごめんなさい。怖い夢を、見てしまって」

なぜかわからないが、男がうなされていたと言ってはいけない気がして、嘘をついた。男が夜目にもはっきりわかるほど、安心した表情になった。

「そうか、お前が……無理もない。黒耀は……まだ戻っていないのか。あいつと一緒に寝れば、温かくてふわふわだから、気持ちよく眠れただろうに。困ったな」

「……一緒じゃ、だめ?」

「俺と?」

よほど意外な申し出だったのか、男が大きく目をみはる。自分の素顔に怯えた莉羽が、添

い寝してくれと言うなど、予想もしていなかったようだ。

莉羽は男の眼を見つめた。男がどぎまぎしたように視線を逸らし、咳払《せきばら》いした。

「ああ、そうか……わかった。その方がいいのなら、来い」

体にかけていた薄布を上げて、男が莉羽を手招く。莉羽はそっと男に寄り添い、身を横たえた。腕を回して抱きつく。自分が怖い夢を見た時、祥華に抱きしめてもらうと落ち着いた。ならばこの人も、自分がこうして寄り添うことで悪夢から逃れられるかもしれない。

胸に頬を押しつけると、男の鼓動や息遣いが直接伝わってきた。まだ、ひどく荒い。

(大人でも、怖い夢って見るんだ)

うなされていた時の唸り声や、跳ね起きた時のうろたえ方を思い出すと、処刑場の夢を見た時の自分以上に、怯えていたのではないか。それを思うと可哀想で、どうにかして落ち着かせてあげたかった。もう怖くないよと励まして、慰めたかった。

莉羽は無言のまま男に強くしがみつき、胸に頬ずりした。

(あれ……?)

男を安心させたくてすがりついたはずなのに、莉羽自身が深い安心感を覚えた。なんだろう。以前にもこんなことがあったような気がする。

(兄上と、声が似ているせいかな?)

よく兄に、こうしてしがみついたことを思い出す。船遊びの時や昼寝の時、同じようにし

て甘えた。優しい兄は、いつも自分の背や髪を撫でてくれた。そのことを思い出して、ほっとするのかもしれない。

男の荒かった息遣いが徐々に静まり、早鐘を打っていた心臓が、落ち着いた鼓動を刻み始めた。

(よかった……)

胸から顔を離さない莉羽が、怯えきっていると思ったのだろうか。男が背を撫でてくれた。

「もう大丈夫だ。山賊どもはいない。怖がる必要は何もないからな」

「うん……」

小さい声で答え、莉羽は目を閉じた。自分は、この男にこうしてすがっていると怖くない。男も、自分がくっついていることで恐怖から解放されたようだ。それが嬉《うれ》しかった。

「落ち着いたか?」

「うん」

「そうか。まだ、名乗ってもいなかったな。俺は陶雷鬼という。流れ者の道士だ」

らいき、と口の中で、男の名を繰り返してみた。名前を教えてもらえた分、距離が縮まった気がした。——莉花という偽の名ではなく、本当の名前がつい口をついて出た。

「莉羽。楊、莉羽です」

姓だけは祥華の姓を借りた。

「そうか。莉羽、今日は怖い思いをしたな。えらかった、お前はよくがんばった」

男は第二王子の名を聞いても、何も気にした様子はなかった。同名の別人と判断したのか、あるいは道士というのは山中にこもりきりで修行をするそうだから、第二王子の名前までは知らなかったのかもしれない。

「もう一度眠れ。夜が明けたら出発する」

「うん……」

どこへ行くか、訊こうとは思わなかった。この人は安心だ。雷鬼についていけばいい——そう思った。雷鬼にしがみついたまま、莉羽はいつのまにか眠りに落ちた。


これが、莉羽と雷鬼の出会いだった。

当初雷鬼は、自分の焼けただれた顔が嫌悪感を抱かせるのではないかと、気にしていたようだ。庵《いおり》の中でも顔を黒布で包み、目だけを覗かせていた。今までに女子供から怯えられたり、道行く人から露骨に顔をそむけられたりして、顔を隠す癖がついたらしかった。

そのため雷鬼はすっかり人嫌いになったらしい。幼い莉羽をどう扱っていいか、とまどってもいたようだ。

そんな時に間をつないでくれたのが、犬の黒耀だった。

狼《おおかみ》を思わせる恐ろしげな見た目に似合わず優しい犬で、莉羽の頬を舐めたり、頭をこすりつけたり、不器用な距離感で座っている莉羽と雷鬼の間に仰向《あおむ》けになって寝そべったりして、莉羽を笑わせてくれた。莉羽が笑うと、雷鬼はほっとするようだった。

二人と一匹の暮らしは、そうしてできあがっていった。

雷鬼の暮らし方は変わっていた。山中に質素な庵を建ててしばらく暮らしたかと思うと、不意に旅に出る。そしてまた、人里離れた場所に居を定める。定住する期間も旅暮らしも、半月から一年とさまざまだ。

庵にいる間は、山に分け入って仙薬の材料を採ったり、瞑想《めいそう》したり、身を守るための武技を教えてくれたりする。そういう平和な時間が、莉羽は好きだった。

けれども雷鬼が『場所を移る』と言えば、その庵での暮らしは終わり、旅暮らしとなる。

雷鬼は何かを——あるいは誰かを捜しているのではないか、それは右半面を覆う火傷と関わりがあるのではないか、と感じることがしばしばあった。

けれど雷鬼が話さないので、莉羽も尋ねない。

(私だって先生に本当の素性を隠しているんだから、先生が話してくださらないことを訊いちゃいけない)

莉羽は雷鬼に対し、自分はある富豪が愛妾に生ませた子供だと説明していた。正妻の嫉妬《しっと》を買って母は毒殺され、莉羽自身も危うく殺されるはずのところを、忠実な侍女の祥華にに助けられて、逃れた。しかし本家の奥方は嫉妬深く、人を雇って自分を殺そうとしているので、童女に化けて逃げていたと言うと、雷鬼は何も疑わなかった。

それどころか、『今後も不安なら女装を続ければいいし、男に戻りたければそうすればいい。追っ手が来たら、できる限り守ってやろう』とまで言ってくれた。

初めに優しい人だと直感したのは、正しかった。

人づき合いが苦手らしい雷鬼だが、言葉や態度の端々に細やかな心遣いが感じ取れた。山中に食糧を集めに行く時などは、莉羽を一緒に連れていって、食べられる野草の種類や、罠《わな》の仕掛け方、危険な毒草や毒虫などを教えてくれる。しかし街へ出る時には連れていこうとしなかった。出会った時の様子や、居を移す旅の途中で、莉羽が人目を恐れていると察しているためだろう。

(ここにいれば安全だ。先生と一緒にいれば……)

雷鬼が優しく莉羽の背を撫でてくれた。莉羽はまぶたを閉じ、雷鬼の腕に頬を寄せた。いつまでもこの暮らしが続けばいい——そう願っていた。


翌朝はからりと晴れ上がった、上天気だった。

洗濯を干し終わった莉羽は、庭で寝ている黒耀のそばへ行って座り、木の櫛《くし》で毛を梳《す》いてやった。もともと大きい犬なのに、毛足が長いので一層大きく見える。自分が盗賊たちから救われた時にはまだ一歳の若犬だった黒耀も、すでに十一歳になった。老犬と言ってもいい年だが、まだまだ元気だし、莉羽にとっては大切な友達だ。

「すっかり冬毛になったね、黒耀。ふかふかだ」

肩口の毛は特に密生していて長く、手を埋めるとふわっと受け止めてくれて、気持ちいい。動物の温かい毛並みは、どうしてこうも心をなごませてくれるのだろう。

黒耀が庵の戸口に目を向け、甘えるような鼻声を漏らした。

莉羽が振り向くと、矢筒を背負い弓を手にした雷鬼が、庵から出てきたところだった。顔には覆面をつけ、目だけを出していた。莉羽と二人きりで、結界に守られた庵にいる時は素顔のままだ。だが狩りや仙薬の材料集めなど、他人と出会う可能性がある時には顔を隠す。

「狩りですか、先生？」

言いながら立ち上がり、莉羽は雷鬼に近づいた。頷いて何か言いかけた雷鬼が、ハッとしたように身じろぎし、莉羽の手をつかんだ。

「ど、どうした、莉羽！　何があった、痛くはないのか!?」

「え？　あ……これですか」

手首に巻いていた包帯に目を留めたらしい。莉羽は笑って説明した。

「軽い火傷です。今朝《けさ》、薪がはぜて飛んだ火玉が、手首に当たったんです。先生が作ってくだされた軟膏《なんこう》を塗って布を巻いたら、もう痛みは引きました」

「本当か？　無理をしているんじゃないのか？　今日はもう何も用事をせず、休んでいた方が……そうだ、黒耀を残しておこう」

雷鬼の動揺ぶりに、莉羽は苦笑した。出会ったばかりの頃はぎこちなかったのに、なじむにつれて雷鬼は過保護になってきた気がする。偉丈夫の雷鬼から見れば、力が弱く細身の自分は、頼りなく見えて仕方がないのかもしれない。

「大丈夫です。少し赤くなっているだけですから。狩りに黒耀を連れていかなかったら、獲物が半分になるでしょう？　心配なさらずにお出かけください」

「お前がそう言うならいいが……できるだけ早く戻る」

まだ心配でならないといった様子で、雷鬼が莉羽の手を離す。黒耀が大きくあくびをした。

いつもと変わらない朝だった。

だが次の瞬間、黒耀が首筋の毛を逆立てた。莉羽の前に進み出て、上空に向かって唸る。明らかに敵を見つけた時の行動だ。

「黒耀、どうした⁉」

周囲を見回したが、莉羽の眼には獣も人も見つけられない。

庵を囲む木々が、突風にでも遭ったかのように激しく振れた。雷鬼が緊張の気配をみなぎらせ、莉羽を背後にかばった。

「先生……⁉」

「結界が破られた。庵へ逃げろ、莉羽！」

莉羽は息を呑んだ。雷鬼は庵の周囲一里に結界を張っている。猟師や旅人が迷い込みそうになっても、気づかないうちに別の道へと逸れるようになっていた。その結界を、誰が破ったというのか。雷鬼を上回る力でなければ、そんなことはできないはずだ。

「莉羽、早く……‼」

雷鬼の大きな手が、莉羽を庵へ押しやろうとする。反射的に脚を踏ん張り、莉羽は雷鬼の腕に取りすがった。雷鬼と離れたくなかった。

「……失礼。敵ではないよ、ご案じなく」

天空から降ってきた声が鼓膜を打った。雷鬼には聞き覚えがあったらしい。唸り続ける黒耀に、静かにするよう声をかけたあと、空中に向かって尋ねた。

「子鳳《しほう》殿か？」

「そう、伯《はく》子鳳だ。訪問の仕方が無礼であったかな？　なかなか頑強な結界だったな。破るのに苦労した。さすがだ」

笑いを含んだ声とともに、何もない空間に突如人影が現れた。莉羽たちから十歩ほど離れた場所に下りてくる。白い長衣に身を包んだ青年だが、雷鬼の結界を破った技量を思えば、相当に修行を積んだ道士か、あるいは仙人だろう。見た目通りの年とは限らない。

雷鬼が苦い笑みを浮かべた。

「あっさり破っておいて、結界を褒められても仕方がない。……それにしても、訪ねてこられるなら前もって知らせていただければ、支度をしたものを」

「なに、酒も肴《さかな》も持参している。気遣いは無用だ」

細い眼をなお細めて笑い、子鳳は提げていた小さな瓢簞《ひょうたん》を振ってみせた。

「ところでその子は？　堅物がやわらかくなって花嫁を迎えたかと思ったが、女性ではないようだな。いや、男同士でもなんでも、本人たちが幸せならどうということはないが」

莉羽の頰が燃え上がるように熱くなった。

第二王子という素性を他人に嗅《か》ぎつけられるのを恐れて、髪を伸ばし、女物の衣装を身につけて女装している。女顔のうえ、筋肉がつきにくい体質のせいか、旅の途中でも見破られたことはない。それをあっさり見破ったうえで、『花嫁』とは無茶苦茶だ。

（先生とは男同士なのに。そんなことあるわけないのに）

雷鬼が不機嫌な口調で反論する。

「冗談はやめていただきたい。この子は身寄りを失い、縁あって俺が面倒を見ているだけだし、女のような姿をしているのは事情があってのことだ。戯《ざ》れ言《ごと》とはいえ、花嫁扱いは莉羽に対して悪かろう」

莉羽は奇妙な寂しさを味わった。雷鬼が自分の名誉を重んじてかばってくれたのは嬉しいのだが、単なる養い子と言い切られたのは物足りなかった。

（なんだろう？　今までこんなふうに感じたこと、なかったのに。養い子で充分なはずなのに。変だ。先生にもっと重要な存在と思ってほしいのか？　どうして……）

子鳳に『花嫁』などとからかわれて、焦った反動だろうか。自分でもわからない。莉羽の内心を知るよしもない雷鬼が、子鳳に説明しているのが聞こえた。

「言い遅れた。この子は楊莉羽という。莉羽、こちらは伯子鳳殿。俺など到底及ばぬ高位の仙人で、本来なら天上界へ昇り天人となっていてもおかしくない方だ。だが人間の生命力にあふれた賑《にぎ》わいを好んで、ずっと人界にとどまっておられる」

「それほど大層な者でもないよ。よろしく、莉羽」

「申し遅れました、楊莉羽と申します。今年で十八になります」

頭を下げた莉羽をじっと見つめ、子鳳は苦笑した。

「珍しい星を背負って生まれた子だが、仙人の資質には乏しいように見える。なかなか術が身につかないのではないか？」

莉羽はうつむいた。以前から雷鬼にも言われていたことだ。

修行を積みさえすれば、誰でも仙人になれるとは限らない。仙骨と呼ばれる、常人には見えない特殊な骨が体にあるかどうかで、資格があるかどうかが決まるのだという。医師や薬師が、骨盤の一部を仙骨と呼びならわしているそうだが、それとはまた違う意味合いらしい。

それが莉羽の体内には見えないと、雷鬼は言う。

薬草を煎《せん》じたり鉱石をすりつぶしたりして、薬を作る方法は教えてもらった。鳥獣や魚を捕らえる罠の作り方や、水場の探し方も教わった。しかし莉羽にはそれ以上の術を覚えることができない。雷鬼のように雲に乗って空を飛んだり、魔物を退治する能力はなかった。一生懸命に覚えようとするのだが、技が身につかないのだ。

雷鬼が子鳳に説明している。

「真面目《まじめ》な子なのだが、仙骨がないのでは是非もない。別の身の振り方を考えてやらねばと、思っているところだ。子鳳殿に何かよい考えはないだろうか」

「慌てることはあるまい。この子の運勢は靄《もや》に包まれている。仙骨がないように見えて実はあるやもしれず……不思議な子だな。他にもいろいろと隠しごとがまとわりついていて、先々の運命が読めない」

うつむいていても視線をはっきり感じる。顔を上げると、やはり細い眼がじっと自分を見ていた。居心地悪さに身じろぎした時、雷鬼が視線を遮る位置に割って入ってくれた。

「立ち話もなんだ。庵に入らぬか？　狭いところだが」

「いや、いい天気だ。屋根の下より草の上で一献傾ける方が、心地よかろう。……そうそう、昨年、劉《りゅう》道士に会った。雷鬼はどうしているかと案じていたぞ」

雷鬼が喉の詰まったような音をたてた。うつむいて、苦しげな声をこぼす。

「……申し訳ないとは、思っている」

「飛び出してもう十五年と聞いた。いつまでも意地を張り続けることはあるまい。劉道士のもとへ戻ってはどうだ？」

「戻れるわけがない。先生の言いつけを破って奴を追い、敗れたあげくがこのざまだ。……仇を討たない限り、合わせる顔はない」

そこまで答えたあとになって、莉羽がそばにいるのを思い出したか、雷鬼が口をつぐむ。莉羽には聞かれたくない話らしかった。

「あの……お酒を召し上がるなら、支度をして参ります」

子凰を雷鬼に任せて、莉羽は身をひるがえした。酒と肴のことは心配ないと言われたが、やはり一品二品はこちらで出すのが心得というものだろう。何より、雷鬼が自分に話を聞かれたくないと思っているのだ。気持ちを害したくない。

あとをついてきた黒耀と一緒に庵へ入りかけた時、子凰の声が聞こえた。

「相変わらず顔を隠しているのか？　気にすることもあるまいに……傷を負う前より、かえって迫力が増したと私は思うが」

思わず莉羽は振り向いた。顔の火傷は、雷鬼が一番嫌う話題だ。

「確かに、一人で暴走した結果ではあろうが……そこまで己を恥じることはないと思うが。どうせ私には見えているのだから、覆面など取ってしまえ。暑苦しかろう」

雷鬼が返事をした様子はない。

莉羽は怒りを覚えた。雷鬼本人が嫌がっているのに、『気にするな』とか『迫力が増した』とは、あまりに心ない。糸のような細い眼も、最初は優しいのかと思ったが、表情を読まれないように細めているのではないかという疑いが湧《わ》いてきた。

(あの人は嫌いだ。先生に対して無礼すぎる。でも、いつからの知り合いなんだろう？ 火傷の原因をよく知っているみたいだった。『一人で暴走した結果』って……？)

自分は知らない。覆面をしてまで隠したがる傷の原因を、無遠慮に問うことなどできなかった。自分にも、隠し事をしているという負い目があるからだ。

(でも雷鬼先生は、私にだけは素顔を見せてくださる。だから私との間柄の方が……って、私は何を考えてるんだ。これじゃまるで、お客様と張り合おうとしてるみたいだ)

さっきから自分はおかしい。雷鬼が自分をただの養い子だと言っただけで落ち込んだり、逆に仙人の資質を持たない自分をかばってくれる言葉を聞いて、胸がどきどきしたり、いったいどうしたのだろう。わけがわからない。

杯とあり合わせの肴を盆に載せ、莉羽は再び外へ出た。

が、その目に予想もしなかった光景が映った。

「……っ⁉」

子鳳は、草の上に座って、杯を手にしていた。だが雷鬼は肩を怒らせて立ち上がっている。

草の上に落ちている杯は、雷鬼が投げ捨てた物だろうか。覆面をしていても、今にもつかみかかりそうなほど激昂していることが、莉羽にははっきりとわかった。

それなのに子鳳は、動じる気配もなく杯を口へ運び、横目で雷鬼を見やって言う。

「いろいろな噂が流れていたぞ？　玉韓越《ぎょくかんえつ》の裏切りには雷鬼が一枚噛《か》んでいて、それなのに最後に振り捨てられたので、怒ってあとを追ったのだろうとか。あるいは、正義漢ぶって追いかけるふりで、実は韓越から秘伝書を奪うのが目的だったのだろうとか」

「くだらぬ妄言だ」

「だがそんな噂が流れるほど、当時のお前の行動には筋が通らぬことばかりだった。……今もそうだ。老師のもとへ戻るでもなく、修行を諦めて還俗するでもなく、顔を隠したまま、中途半端に何年もずるずると」

「違う！　俺は……俺は、奴を捜して……」

雷鬼の声が震え、苦しげにかすれる。けれど子鳳の追及は容赦ない。

「捜して？　見つけてどうする。今度は勝てるとでもいうつもりか？　その火傷は、無様に負けた証《あかし》だろうに」

冷笑を含んだ子鳳の声は、聞く者の心にまともに刺さる。雷鬼がどんな気持ちか考えるといてもたってもいられなくなり、莉羽は駆け寄り、二人の間に割って入った。

「やめてください。どのような事情か存じませんが、そんな言い方をなさることはないでしょう。先生もどうか、落ち着いてください」

訴えたが、雷鬼は莉羽を見もしないし、答えてもくれない。子鳳は莉羽に目を向けはしたものの、立ち上がって発した言葉は冷たかった。

「事情を知らぬというなら、庵に戻りなさい。君が口を挟むことではない」

「しかし……」

止めようとする莉羽を無視して、子鳳は蔑《さげす》みの言葉を雷鬼に投げかけた。

「結局お前は、臆病者なのだ。犬に傷を舐めてもらい、身寄りのない子供を拾って、善をなしたつもりで……莉羽がいてよかったな。醜い火傷を厭わず、敗北に囚われたお前を蔑みもせず、こうして背にかばってくれるのだから」

「……黙れぇっ‼」

忍耐が限界に来たのだろう。雷鬼が莉羽を横へ押しのけた。強い力で押され、莉羽は五、六歩もよろめいた。

「先生……っ！」

叫んで見つめる莉羽の目に、右手の杖を振る雷鬼が映った。

杖の先端から飛んだのは球雷だ。火花を散らして空気を焼きながら、まっすぐ子鳳に向かっていった。だが、

「その程度か？」

子凰に動じる気配はない。ひらりと後方へ飛びすさる。的を逸れた球雷は地面にぶつかって飛散した。草や黒土が焦げ、湿った地面の水分が蒸発し、白い湯気が立ちのぼった。

「先生っ！　やめてください、危険です‼」

「俺に戻っていろ！　黒耀、莉羽を連れていけ！」

主に命じられた黒耀が莉羽の衣をくわえ、安全圏へ引っ張っていこうとする。その黒耀を、莉羽は「お願いだから」と叫んで振り払った。

雷鬼が立て続けに二個、三個と球雷を飛ばす。

今度は子凰はよけなかった。薄笑いを浮かべて片手を挙げ、球雷を受け止めた。三つ分が合わさって巨大な光球ができる。莉羽は息を呑んだ。

「黙って攻撃させてやったのに、かすり傷一つつけられぬか。これでよく私に喧嘩を売る気になったものだ」

子凰が、光球を掲げた手を後ろへ引き、勢いをつける。狙《ねら》いは雷鬼だ。

「せ……先生ーっ！」

莉羽は雷鬼に飛びついていった。夢中だった。

「……莉羽⁉」

驚愕《きょうがく》にうわずる雷鬼の声が、すぐ真上から降ってくる。髪に息がかかる。衣服越しに伝わる鼓動が速い。

（先生、先生……先生っ！）

巨大な球雷に焼きつくされて死ぬのかという恐怖は、確かにあった。けれど雷鬼と引き離されることの方が、はるかに怖かった。しがみついたまま、莉羽はその時を待った。

けれども、いつまでたっても体を灼《や》く熱は押し寄せてこない。代わりに、

「これはまた麗しい師弟愛だ。……少々親密すぎる気もするが」

感嘆に少しだけ皮肉を混ぜた、子鳳の声が聞こえた。

「……なんのつもりだ？」

答える雷鬼の声は怒りを含んで、唸るかのようだ。莉羽はようやく気づいた。

（殺されるんじゃ、ないのか……？）

雷鬼の胸に埋めていた顔を上げ、首をねじってあたりの様子を確かめた。巨大な球雷はどこにも見当たらない。子鳳は面白がるように笑っている。

「すまぬな。ちょっとふざけたのだ。確かめたいことがあったものでね」

しれっとした言い草に、莉羽の頭の中が熱くなった。雷鬼にすがりついていた手を離して身をひるがえし、子鳳に食ってかかった。

「よ、よくもそんな……ふざけた、ですむことですか！　先生をあれほど傷つけて……!!」

「雷鬼に怪我をさせてはいないが」

「気持ちのことを言っているんです！　あんなひどい言い方をする必要がありましたか!?」

先生を馬鹿にして、蔑んで……あなたは最低だ！」

つかみかかりたいのを必死で抑えたが、責めているうちに言葉につられて感情が激してくる。言葉がつっかえ、涙で目の前がぼやけた。

「莉羽。……莉羽、落ち着け」

大きな手が、莉羽を背後から抱きとめる。

「気にしなくていい、莉羽。俺は何も気にしていない。だから落ち着いてくれ」

嘘だ。子鳳の言葉に傷ついたからこそ、雷鬼は攻撃をかけたのだ。平気だったら聞き流したに違いない。それなのに今こうして自分をなだめようとしているのは、莉羽を巻き込んだ争いになるのを避けるためだろう。その気持ちを考えると、なおのこと子鳳が許せない。

「でも……でも、あんな言い方って……‼」

「莉羽。もういいんだ。落ち着いてくれ」

自分をなだめる雷鬼の瞳は、凪《な》いだ深い湖を思わせる。なぜか哀しくなって、莉羽は雷鬼の肩口に顔を埋め、すすり泣いた。苦笑混じりの子鳳の声が聞こえた。

「どうも、実に申し訳ないことをしてしまったようだ。ちょっと試しただけのつもりだったのだが……すまぬな、雷鬼」

「気にしていない」

「いやいや、そんなことはあるまい」

「いや、子鳳殿は人をからかうのを好む気性だということを忘れていた。ところで、先ほどから試すだの確かめたいだのと口にしている。いったい、なんの話だろうか」

莉羽の肩を優しく叩きながら、雷鬼が答える。冷静な雷鬼の声を聞いているうち、取り乱した自分が恥ずかしくなり、莉羽は顔を上げ、指先で涙を拭《ぬぐ》った。けれどもう少し、雷鬼にすがっていたい。雷鬼の手が、心地よい。

しかしそんな安らいだ気分は、長続きしなかった。子鳳が口を開いたせいだ。

「玉韓越の居所がわかった」

「なんだと⁉」

雷鬼が大声をあげ、莉羽を押しのけて一歩前に乗り出した。子鳳が頷く。

「これは、劉道士から頼まれたことだ。雷鬼の腕前を確かめてくれと」

「老師が……」

「いつも、君のことを気にかけているようだよ。自己流で修行を積めば、九割は独りよがりで効果のないやり方に陥ってしまう。そこを案じているのだ。見極めてくれと頼まれた」

「それで、あんなことを？」

「本気の力を見たかったからね。劉道士は言っていた。雷鬼をむざむざ殺させたくはない。自分のもとへ戻ってくればいいが、頑固な性格だから無理だろう。けれど韓越との決着をつけるまで、雷鬼は新しい一歩を踏み出せないだろう、と。……だから、腕が落ちていないと思われる時だけ、韓越の居場所を伝えてほしいという話だった」

「どこだ。韓越はどこにいる」

「言っておくが、私が見極めたのは君の力だけだ。一人でよくがんばったものだ、腕が落ちるどころか、むしろ攻撃力も速さも上がっている。しかし韓越がどうなっているかはわからない。勝てるという保証はないよ。君は十五年前、惨敗……」

「その話はいい！」

子鳳に詰め寄りかけて、雷鬼がふと我に返ったように、莉羽の方を振り返った。

「莉羽。庵へ戻れ」

「……はい」

命じられては仕方がない。莉羽は力ない足取りで庵へ入り、椅子《いす》に腰を下ろして卓に顔を伏せた。黒耀がそばへ来て膝に顎を載せたが、顔を上げる気にはなれなかった。

機械的に黒耀の顎を撫でながら、考える。

（私は、先生の役に立てない……）

さっきまで聞いた話によると、劉道士というのは雷鬼の師匠らしい。話す時の雷鬼の声音には、懐かしさと悔いがにじんでいた。しかし、玉韓越という人物の話題になると口調は一変して根深い憎悪を宿し、地の底から響くかのように低くなった。子鳳が『惨敗』と口にしていたし、雷鬼はかつて韓越と戦って敗れたのだろう。もしかすると、火傷はその時に負わされたのかもしれない。

だが雷鬼は自分に、大事な話を聞かせてはくれない。

（……足手まといなのかもしれない）

静かな山家暮らしでは考えなかった——考える必要もなかったことが、ひしひしと身に迫る。自分は戦いにはまったく向いていない。術も武技も使えないし、体力もない。どんなとでもいいから雷鬼の役に立ちたいのに、韓越に関する話を聞かせてくれないのは、自分には術の才能がなくて戦えないからか。それとも信用されていないのだろうか。

（何も話してくださらないってことは、やっぱり……）

突っ伏したまま動かずにいると、黒耀がいきなり戸口の方へ向き直って唸った。雷鬼が戻ってきたのなら、唸るはずはない。莉羽が慌てて立ち上がったのと、戸が開いたのが同時だ。立っていたのは子鳳だった。

「邪魔するよ」

「は、はい。あの、先生は……？」

「捜し続けた仇の行方《ゆくえ》を知って、怒りが抑えきれないようだ。気が落ち着くまで、外をうろついてくると言っていた。……よしよし、もう君のご主人たちをいじめたりしないから、唸るのをやめてくれるかな？　少し莉羽と話をしたい。さっきはすまなかったね」

差し出した手には近づかず、何かしたらいつでも噛みつくぞと言わんばかりの目つきで、黒耀が壁際に下がった。当惑する莉羽に子鳳が話しかけてくる。

「韓越という男と雷鬼の経緯を知っているか？　教えておこうか？」

「いえ！　先生が、お話しにならないことですから」

莉羽にしては珍しく、即座に拒否の返事が出た。雷鬼が自分から話してくれるなら知りたいが、第三者の口から聞きたくはない。子鳳が苦笑する。

「君も雷鬼も、お喋りなたちではないらしい。心配だね。言葉足らずなために、思わぬつまずきがありそうだ」

「……」

「知っているだろうが、雷鬼は頑固だ。そして昔と違って、劣等感と猜疑心《さいぎしん》に苛《さいな》まれている」

「そんな……!!」

思いもよらない言葉に、莉羽の声が高くなった。劣等感はともかく、雷鬼が猜疑心を抱えているなど、感じたこともない。しかし子鳳は首を横に振る。

「君の気持ちを尊重して、詳しいことは話さない。しかしこれだけは教えておく方がいいだろう。雷鬼は、信じきっていた兄弟子に裏切られたうえ、戦って無惨に敗れた。そのせいで、人を信じられなくなっているようだ。あれだけ仲がよかった兄弟子に裏切られた、だから他の人もきっと自分を裏切るだろう……とね」

思い当たる節が、ないではない。

雷鬼に拾われたばかりの頃だ。顔の火傷が怖くて気持ち悪いだろうと言う雷鬼に、何度も自分は平気だと答えた。覆面がない方が嬉しいとまで言った。それでも、雷鬼が常に素顔を見せてくれるようになるまで、一年近くかかった。

さんざん他人から嫌悪の目を向けられたせいだろうと思っていたが、根底には、火傷の原因になった手ひどい裏切りがあったのだろうか。

黙り込んだ莉羽に、子鳳が言葉を継いだ。

「できるだけ、話をしなさい。君も雷鬼も、遠慮がすぎて必要な言葉さえ呑み込むたちのようだ。どんな些細《ささい》なことでも話して、二人の間に疑いが入り込まないようにするんだ。しつこいぐらいに、図々しいのではないかと思っても繰り返し問いつめるくらいで、ちょうどいい。でないと無意味に距離ができてしまうよ。……そうそう、これは詫びの品だ。雷鬼と離ればなれになった時に役立つ。彫刻の花の向きが、雷鬼のいる方角を示すからね」

そう言い、牡丹の彫刻が施された帯飾りを置いて、子鳳は帰っていった。

雷鬼はまだ戻ってこない。黒耀は食糧を狩りに行こうともせず、ずっと寄り添ってくれる。その体を撫でつつ、莉羽は今日の出来事を反芻《はんすう》した。

(先生は、どうするんだろう。仇の行方を知って……)

早く教えろと詰め寄っていた様子を思うと、きっと再戦を挑むのだろう。

自分としては、危険なことはしてほしくない。

さっき子鳳が雷鬼を殺すのではないかと思った時は、見えない手で心臓を握りつぶされたような心地がした。自分の命などどうでもよかった。雷鬼をかばって死ぬのであってもいいし、あるいは一緒に死ねるならそれでもいいと思った。

だが雷鬼はどう考えているのだろう。

（過去の出来事を、話してくださらないということは……）

雷鬼は自分と距離を置きたいのではないだろうか。それを思うと寂しく、哀しかった。


心を静めるまでにどれほどの時間を要したのだろうか。雷鬼が帰ってきたのは、日が西に傾き、空気が山肌を黄色く染める頃合いになってからだった。それでもまだ考え続けているような表情で、莉羽が話しかけてもはかばかしい返事はない。

ようやく口を開いたのは、野菜と川魚の煮付けに麦飯という、質素な夕食の時だった。

「この庵を引き払おうと思う」

「ではまた、旅ですか？」

「都へ行く」

莉羽の心臓が大きく跳ねた。煮付けも麦飯も、急に味やにおいを失った。庵の中が急に暗くなった気さえする。思い出したくないのに甦ってくる記憶のせいだ。

（いやだ。いやだ。いや……）

思い出したくない。なのに忌まわしい鴉の声が、勝手に耳の底で甦り、響き渡る。記憶の蓋《ふた》をこじ開けて、もっと恐ろしい光景を引きずり出そうとする。広場で晒し者になっている両親と兄の遺骸、そして傍若無人に遺骸をつつき回し食い荒らす鴉の群れ——。

（違う。違う。あれはもう過ぎたことだ。昔のことだ。思い出しちゃいけない）

悲鳴が喉からほとばしり出そうだ。息が苦しくなる。莉羽は両手で口元を塞いだ。時々こんなふうに息苦しくなるが、悲鳴を封じるつもりで口元を押さえていれば治る。

雷鬼の心配そうな声が聞こえた。

「どうした、莉羽？　苦しいのか、吐き気でもするのか」

「な、なんでもありません。ご飯をうまく飲み込み損ねて……もう治りました」

軽い火傷でもうろたえる雷鬼が、息苦しくなる発作のことを知ったら、どれほど心配するかわからない。莉羽はごまかした。

「それより都に住むんですか？　町中に？」

自分にとって王宮と主都は鬼門だ。できることなら近づきたくない。辺境の山中で、結界によって守られた庵に暮らすのと、王宮に近づくのでは危険度が違う。

反乱から十年過ぎて、新政権が前王の遺児を捜すのを諦めていればいい。けれどまだ第二王子を捜し続けていたら、どうなるだろう。王宮に近いほど兵士の数は増す。自分の顔から、幼少時の面影を見つけ出す者がいるかもしれない。

（都へは行けないって、言わなきゃ……）

雷鬼が都へ行くなら自分は同行できない。身の安全のため、ここで別れるしかない――そう言うべきだと思いながらも、声が出なかった。

雷鬼と暮らした十年間で、山暮らしの基本は覚えた。人里に出たとしても、薬師を名乗れる程度の知識は蓄えている。一人で生きていくための技術はあるはずだ。

だが自分は雷鬼なしで生きていけるだろうか。

恐ろしい夢を見てうなされた時、肩を揺すって揺り起こし、泣きじゃくる自分を胸に抱いて背を撫でてくれる人はいない。料理を作っても薬草を集めても、褒めてはもらえない。すべてを失い、自分は独りぼっちになる――想像するだけで気がくじけた。

雷鬼が、ほろ苦く笑って首を横に振った。

「いや、この顔ではな。呪詛《じゆそ》のこもった傷ゆえ、幻術で人目をくらますこともできない。かといって仮面で隠しているのも目立つ。だから都に近い山に居を移す。ここよりは、猟師や山菜採りに出くわしやすくなるが、いつも通り庵の周辺には結界を張るつもりだ」

町中に住まないのなら、まだましだ。莉羽はひそかに安堵の溜息《ためいき》をこぼし、『都へは行きたくない』という言葉を呑み込んだ。

2

雷鬼と莉羽が、都に近い山中に居を移したのは、それから数日後のことだった。

「……いいか、莉羽。今回は庵を包む最小限の結界しか張っていない。庵から少しでも離れると、他の人間に見つかるかもしれないから、注意するんだぞ」

雷鬼がまず注意したのは、そのことだった。

結界を張れば普通の人間には見つからなくなるが、『術を使った』という痕跡《こんせき》が残り、道術や仙術を心得た者にはかえって発見されやすくなるのだという。それを防ぐため、結界を小さく弱いものに抑えたらしい。

その庵に莉羽を残して、雷鬼はしばしば都へ出かけていく。

都は高い城壁に囲まれており、日暮れから夜明けまでは城門を固く閉じて人の出入りを禁じる。その分、朝夕には門が混雑する。雷鬼はその人混みに紛れ、軽い目くらましで番兵の注意を逸らして城内に侵入しているらしい。

庵に戻ってくる雷鬼は、いつも疲労困憊《こんぱい》していた。莉羽に支えられて寝台まで歩き、身を横たえるのが精一杯という時さえあった。それほど苦労を重ねても、なかなか目指す敵の手がかりはつかめないようだった。

　ある日、雷鬼は黒耀を連れて出かけた。犬の嗅覚に頼ろうと考えたらしかった。

「くれぐれも庵を出るな。今日は護衛の黒耀がいない。野生の獣にでも襲われたら大変だ」

　言いつけを守って一晩おとなしく留守を守っていたが、この日に限って、夜が明けても雷鬼たちが帰らない。太陽が中天高く昇っても戻らない。こんなことは今までなかった。昼を過ぎ、どうにも心配でたまらなくなった。

(庵から出るなって先生はおっしゃったけど、少しまわりの様子を見るくらいなら……昼間なら獣はあまりいないはずだし、雷玉だってあるんだし)

　都までは行けないが、せめて近くは確かめておきたい。負傷した雷鬼が、力つきて動けなくなっている——などという事態を想像すると、いてもたってもいられない。雷鬼が作ってくれた護身用の雷玉がある。直径一寸の素焼きの球に雷を封じ込めてあり、ぶつければ雷がほとばしる。猪《いのしし》や狼を怯ませるには充分だろう。

　莉羽は庵を出た。周辺をくるりと回ってみたが、雷鬼や黒耀の気配はない。

(この先は、結界がないけど……でも獣はいないようだし、もう少し見てみよう)

　人や獣の気配がないのに勇気を得て、もう少し、もう少しと思い、莉羽は長く伸びた草をかき分けて進んでいった。

「先生……先生、いらっしゃいませんか？　黒耀、いないのか？」

声をかけながら、雑草に覆われた細い道を進んでいた時だ。

藪を踏み分けて走ってくる、足音が聞こえた。この重さは人間ではない。凄まじい速度でこちらへ向かってくる。

（な、なんだ⁉　虎か、それとも猪……⁉）

慌てて雷玉をつかんだが、藪の向こうから足音が迫ってくる方が早かった。

「うわ……‼」

藪の向こうから現れたのは、大きな牡鹿だった。反射的に身をかがめた莉羽には目もくれず、頭上を飛び越して、そのまま走り過ぎていった。

頭を起こし、莉羽は鹿が走り去った方向を見やって溜息をついた。

よく無事にやり過ごせたものだ。頭を蹴り割られていても、不思議はなかった。鹿がよけてくれたというべきか。

（……もう、帰ろう。もしかしたら先生は別の道から戻っていらっしゃるかもしれない）

衣服についた草や土を払い、莉羽が庵へ戻ろうとした時だった。

「畜生、どっちへ行った！」

「あの角なら高く売れるのに……逃げ足の速い奴だ」

忌々しそうな声と足音が聞こえ、莉羽の体がこわばった。

鹿のあとを追って藪をかき分け現れたのは、猟師の格好をした中年男二人だった。一人は弓矢、もう一人は山刀を手に提げている。どちらも酒焼けして人相が悪い。こんな山深くに人がいるとは思っていなかったのか、二人とも莉羽を見つけて大きく目をみはった。

「な、なんだ？　こんな山奥に、女がいるなんて……」

「本当に人間か？」

顔を見合わせて、莉羽を指差して喋っている。猟師たちも驚いただろうが、莉羽はもっと驚いた。人と顔を合わせてはならない身の上だ。

（しまった……どうしよう、走って逃げようか。でも私は足が速くない。適当な話をして気を逸らせて、追い払う方がいいか？）

莉羽が決めかねる間に、一人がずかずかと歩み寄ってきた。

「おい、女。鹿を見ただろう。どっちへ行った？　隠すとためにならんぞ」

「向こうへ逃げていった。この山には熊や虎が出る。さっさと下りた方がいい」

でたらめな方向を指差したあと、莉羽は冷たく言い捨てて男たちに背を向けた。こう言っておけば、猟師たちはいもしない鹿を追って自分とは別の方向へ向かうだろうし、うまくすれば虎や熊を恐れて、山を下りてくれるかもしれないと期待した。

しかし一人の猟師が声をあげた。

「待て、血の痕が残っているのはこっちじゃないか！　お前、でたらめを言ったな⁉」

「……っ……」

下手な嘘は、簡単に見抜かれてしまった。男たちは鹿の去った方角へ走りかけたが、木や草が生い茂っていて、もう追いつけないと判断したのかもしれない。莉羽に詰め寄ってきた。

「このアマ、なんで邪魔をした！」

「あの大きな角なら、千金と吹っかけても買い手がついたんだ。それをよくも……だいたいお前、なんなんだ？　猟師や木こりならともかく、こんな場所にお前みたいな女が一人でいるなんておかしいぞ」

十年前のことが脳裏をよぎった。女装していたために山賊たちは自分を嬲《なぶ》ろうとし、男だと知って、騙されたと怒った。最初に男だと明かしておいた方がいいかもしれない。

「私は女じゃない。この格好はまじないのためだし、道士としての修行で山に住んでいるだけで……」

「言い訳するのがますます怪しい。だいたい、こんな山の中に美人が一人でいるなんて、魔物の仕業と相場が決まってる」

「化けの皮を剝いでやろうぜ。人間の格好をしちゃいるが、尻尾《しっぽ》や羽があるかもしれん」

男たちの会話が不穏な方向へねじれる。危険を感じた莉羽は雷玉を握って後ずさった。

「来るな。おかしな真似をすれば、ただではすまないぞ」

「ほう、どうなるのか見せてもらおうじゃねぇか」

細身で華奢《きゃしゃ》な体つきの莉羽を馬鹿にしているのだろうか。兄貴分らしい年嵩《としかさ》の男は、無造作に莉羽の正面から詰め寄ってきた。

雷を放とうとして、莉羽はためらった。使い方を教わってはいるが、実際に人を攻撃したことはない。雷はどのくらいの威力があるのだろう。殺してしまわないだろうか。

そのためらいが命取りになった。

もう一人の男が、莉羽の注意が逸れた隙を狙って、小石を蹴ったのだ。

「あぅっ！」

脇腹に不意打ちの衝撃を受け、莉羽はよろめいた。

その瞬間、前にいた男が飛びかかってくる。夢中で雷玉を投げたが狙いは外れ、飛び出した雷は大きく離れた木立を焼いた。

「わっ！　なんだ、こいつ⁉」

「いいから押さえろ！」

「あぁっ！」

突き倒されて背中を地面に打ちつける。痛みで一瞬息が詰まり、動けない。その間に節くれ立った手が、莉羽を押さえつけた。男の一人が莉羽の脚の上にまたがり、もう一人は両腕を頭上に引き上げて一まとめに押さえ込む。

「……っ！」

無遠慮な手に胸を撫で回され、袴の上から股間《こかん》を押さえられて、莉羽は息を詰まらせた。

「くそ、本当に男だ。つまらねえ」

「いいじゃねえか。不細工ならともかく、この顔だ。男でも構うもんか。……ていうか、人間か化け物かを確かめないとな」

男たちが莉羽の帯を解き、着物をはだけ、さらには袴を脱がせにかかる。

「や……やめろっ！　なんのつもりだ⁉」

不覚にも、声が震えた。山賊たちに祥華を殺され、犯されかけた記憶が甦る。あの時は寸前で雷鬼に助けられたが、身にしみついた恐怖と嫌悪と恥辱は、忘れようとしても忘れられるものではない。

「やめるんだ！　こんな真似をして、許されるとでも思っているのか！」

「黙んな、化け物」

男たちは莉羽を力ずくで押さえ込み、衣服をすべて剝ぎ取ってしまった。

「全身すべすべだな。街の淫売《いんばい》の、垢《あか》じみてたるんだ体とは大違いだ。へへへっ、ここに生えてんのは尻尾か？　ええ？」

「あうぅっ……‼」

むき出しになった肉茎を、男が握って引っ張る。乱暴すぎる刺激に、莉羽はのけぞった。

「やめろ、触るな……くうぅっ！」

身悶《みもだ》える莉羽を見下ろし、男たちがげらげら笑った。

「先、生……助け、て……」

助けを求めたいのに、恐怖に口の中が干上がり、舌が上顎に貼りついて、かすれた声しか出ない。その莉羽を見下ろし、一人がさもいいことを思いついたという顔で、背負い袋から陶器の小壜《こびん》を出した。

「そうだ。いいものがあるぜ。兵士の張《ちょう》から、バクチの借金のカタに巻き上げたんだが、正体を見破るにはぴったりだ。もしこいつが本当に化け物で、突っ込んだ途端ケツの穴に歯が生えて魔羅《まら》を食いちぎられたら、かなわねえ」

「なんだよ、そりゃ」

「後宮で出回ってる、淫油蟲《いんゆちゆう》とかいう代物だそうだ。術士が作った道具というか生き物というか、とにかくこいつを体にかければ、氷みたいな鈍感女でも濡れ濡れになってよがり狂うんだとよ。その辺の安淫売に使うのは惜しいと思って取っといたが……考えてみりゃ、こんな上玉とヤることなんて、二度とねぇだろう。今が使い時だ」

小壜の蓋は、蠟《ろう》で固められているようだ。それを男が黒ずんだ爪で剝がし、蓋を取って中身を莉羽の体に落とした。

「……?」

とろみのある油に似た液体だが、透き通った緑色をしていた。莉羽の胸肌に落ちて、広がる。だが単なる液体の流れ方ではない。地面まで流れることはなく、肌の上だけを広がり、重力に逆らって片方の乳首を包み込むように這《は》い上がりさえした。

「ひっ……な、なんだ、これ……」

蟲という字が名につく通り、意志を持った生命体であるらしい。右胸を包み込んだ緑の淫油蟲が、勝手に立ち上がって乳首を引っ張り上げる。左胸へと動いた液体は、紐《ひも》状に伸びて、乳首の根元に巻きつき、きゅっと締めつけた。

「やっ……やめろ！　なぜ、こんな……あああっ‼」

緑色のぬめりが、好き放題に莉羽の体を這い回る。

「見ろよ、乳首がピンピンになってるぜ」

「この調子で、こいつがよがりまくるってことか？　こりゃ見物だな」

包み込まれてこねられ、しごかれるうち、乳首が硬く尖《とが》ってしまった。男たちに嗤《わら》われ、恥ずかしさに莉羽の全身がほてる。

だが上半身の反応を気にしている場合ではなかった。

ぬらつく液体は生き物のように動いて、下半身へも広がった。肉茎を包み込み、さらに下へと降りてくる。何をされるのかと怯えて、莉羽は必死に腿《もも》を閉じ合わせようとした。けれども莉羽の両脚にまたがっていた男がすばやく体をずらし、膝を深く折り曲げて左右に開かせた。肉茎も後孔もむき出しの、無防備な格好だ。

「いやっ、いやだ！　離してくれ、やめて……ふ、ぁうっ⁉　く、あぁぁーっ‼」

緑の液体は肉茎の先端にある小穴にもぐり込んだ。異物が入ることなどありえないはずの場所に、外から押し入られる。莉羽は何度も悲鳴をあげた。

尿道へ侵入した淫油蟲はある程度奥まで入ると、すべるように元の穴から出てきた。

「ひ……あうぅっ！」

粘度のある液が尿道を通り抜ける感覚は、射精する時とまったく同じだ。意志を無視した快感に、莉羽は悲鳴をあげてのけぞった。

「あっ、ぁ、あ……」

「すげえ。生きた油みたいに、ぬるぬる動いてるじゃねえか。イったのか、こいつ？」

「いや、まだだろう。しかしイイ顔しやがるぜ。……おっ、また入っていった」

舌なめずりするような声が聞こえたが、莉羽に構う余裕はなかった。

いったん尿道の外へ出た淫油蟲が、再び中へ侵入してくる。入ったかと思えば出る。その繰り返しに、射精の疑似感覚を何度も強制的に味わわされる。

ぬらつく液体は尿道を責めるだけでなく、丸い先端を包み込んで舐め回すように動いたり、根元から雁首《かりくび》まで螺旋《らせん》を描いて巻きつくようにこすったりもした。さらに、肉茎の下へ降りた淫油蟲が、ずるずると這いずり、後孔へ向かって進んでくる。まるで人間の舌が舐め回すような感触に、莉羽は泣きじゃくり、何度ものけぞった。

「あ、ひぃっ！　ぅ、う……やぁっ……」

莉羽も年頃の男だから、体が昂《たかぶ》ることはある。雷鬼に知られるのは恥ずかしいので、留守の時にこっそり、本能に任せた適当なしごき方ですませることがほとんどだった。

今味わう快感は、そんなものとは比べものにならない。

左右の乳首と肉茎はすでに硬く勃《た》ち上がっていた。淫油蟲のぬめぬめした感触は気持ち悪くて仕方ないのに、体が勝手に感じてしまう。

浅ましい姿を人目に晒す恥ずかしさで、涙が出てきた。

（いやだ、どうしてこんな……先生、助けてください……っ‼）

その間にも、淫油蟲は莉羽の全身を責め続ける。乳首や肉茎などの敏感な場所はいうまでもない。脇腹や指の股、足の裏など、あらゆる場所をぬらぬらした粘体に這い回られ、こすり立てられ、莉羽の体が何度もびくびくと震えた。

さらに双丘の谷間を這い下りた淫油蟲が、莉羽の後孔に達した。

「……っ！　うっ……く、ぅ……」

粘体の感触に体が震える。懸命に莉羽は後孔に力を入れ、淫油蟲の侵入を許すまいとした。

これ以上、怪物に蹂躙《じゅうりん》されるのはまっぴらだ。

笑いを含んだ男たちの無遠慮な声が、莉羽の心に突き刺さってきた。

「おっ、見ろよ。こいつ、必死で穴を締めてるぜ。すげー力の入り方だ」

「こいつは本番の締まりも期待できそうだな。……いつまでも焦《じ》らすな。さっさと中で味わえよ。ほら」

「ひぁっ⁉」

脇腹を指でつうっと撫でられ、莉羽は悲鳴をあげた。その瞬間、必死で締めていた後孔がゆるんだ。粘体がぷちゅっと淫らな音をたてて、内側へ入ってくる。

異物感に莉羽の体がそりかえった。

「い、いやだっ！　入る、な……あぁぁっ‼」

いくら力をこめても、相手が粘体ではどうにもならなかった。

こぼれる声が絶望感に染まっていく。山賊に犯されかけたことはあったが、寸前で助けられ、体は無事だった。自分の中に異物を受け入れるのは初めてだ。

痛みはないが、気持ち悪い。圧迫感と異物感が莉羽を責める。

後孔へずぶずぶと押し入った淫油蟲は、無遠慮にうごめき、粘膜を内側からこすったり撫でたりする。そのたびに莉羽の体はびくびくと震え、時には大きくのけぞった。

「い、や……何、これ……あぅっ！　は、ぁっ……ん……」

いやだ。不気味な粘体に嬲られるのも、その格好を男たちに見られて嗤われるのも、いやでたまらない。けれどそれ以上に、意志に反して昂る自分の体が厭わしい。

後孔を犯され、中をかき回すように責められる。その一方、外側からは素肌や粘膜を舐め

回すようにいたぶられる。とろとろの粘塊に、乳首を包み込まれてくすぐられ、腿や脇腹、喉など敏感な場所のすべてを撫で回されていた。

「あっ、ぁあ……やぁっ……もぅ、許し……んぅうっ！」

喘《あえ》ぐ口にも入ってきた。舌にからみつかれ、口蓋《こうがい》を撫でられる。

他人と口づけをした経験はないけれど、唾液《だえき》や舌の感触はこんなふうなのだろうか。だがそれなのに、淫油蟲が動くたび自分の体がびくびくと震え、熱くほてるのはなぜなのか。

好きな相手でもなんでもない、ぬるぬると動き回る淫油蟲は、ただただ気持ち悪い。それなのに、淫油蟲が動くたび自分の体がびくびくと震え、熱くほてるのはなぜなのか。

もしかすると淫油蟲には、皮膚から吸収される媚薬《びやく》成分があるのかもしれない。

心臓は高鳴り、腰はとろけそうに熱い。皮膚がむずむずして、刺激がほしくてたまらない。こんな状態で、肉茎の快感に耐えられるわけはなかった。外から包み込まれ、尿道に押し入られて中をこすられているのだ。

莉羽の体は意志を無視して、完全に昂りきっていた。

「はぅ、ん……ぁあ……っ」

いつのまにか押さえつける手は離れているのに、起き上がって逃げ出す力がない。それ以上に、快感が莉羽の意識を蝕《むしば》み、逃れようという気力を奪っている。

「お前の言った通りだな。あれだけいやがってたくせに、よがりまくってやがる」

「淫油蟲をよこした張の話じゃ、女がイったら死んでただの油になるそうだ。まず一発イかせて、そのあとでブチ込むとしようぜ。俺が先でいいな？　淫油蟲を使ったのは俺だぜ」

「しょうがねえ。俺はしゃぶらせるとしよう」

欲望にぎらつく言葉を聞き、莉羽の瞳から涙がこぼれ落ちた。

（助けて……先生、助けてください……）

怖い。気持ち悪い。こんな男たちの思うままに犯されると思うと、死にたいほどの嫌悪がこみ上げた。それなのに体はぬるぬるとうごめく粘塊に弄《もてあそ》ばれ、快感を貪《むさぼ》っている。肉茎はすでに限界まで張りつめて、今にも達してしまいそうだ。

「よがり泣きか？　ほらほら、早く出せよ。イっちまえ」

男の一人が、笑いながら莉羽の乳首を指ではじいた。その瞬間、莉羽の頭の中が発光した。たぎりたった快感が、液体に変わってほとばしり出る。

「く……ぅうっ！」

背筋がそりかえる。足が宙を蹴る。意識が真っ白になるような快感のあと、虚脱感が全身を浸した。手足の力が抜け、莉羽はぐったりと地面に横たわった。荒い息がこぼれる。

（いやだ、こんな……こんな浅ましい姿を、他人に、見られ、て……）

新たな涙が、とめどなくあふれる。

（あ……先、生……？）

ふと雷鬼の声が聞こえたような気がして、耳を澄ました。けれどなんの気配もしない。雷鬼を頼るあまりの、幻聴だったのだろうか。

淫油蟲を持っていた男が、待ちかねたように莉羽の足元へ回り、左右の膝をつかんで割り開いた。

「へえ、張の言った通りだ。ただの油に変わってるぜ」

射精後の虚脱感に霞《かす》んだ意識でも、それはわかった。さっきまで自分の全身を内外から責めていた淫油蟲が、まったく動かなくなっている。

「潤滑油になっていいじゃねえか。さあて、俺はこっちをもらおう」

もう一人の男が莉羽の髪をつかんで横を向かせた。

「へへっ、色っぽい顔してやがる。ええ？　とろんとした眼で、涎《よだれ》を垂らしてよぉ。たっぷりしゃぶってもらおうか」

淫らな期待にうわずった声で言い、紐を解いて袴を脱ぐ。あらわになった牡は、すでに天を向いてそそり立っていた。莉羽の足元に回った男も、袴を脱いでいるようだ。

「い、や……」

涙がこぼれた。だが手足は脱力したままで、動かせない。逃げ出すことも、抵抗することもできない。袴を脱いだ男が、莉羽の両脚を抱え込んだ。髪をつかんでいる男は、莉羽の頬に醜怪な牡を押しつけてくる。

もうだめだ。このまま犯される——莉羽の意識が絶望に彩られた。

だがその時、

「……貴様らぁああっ‼」

凄まじい怒声が聞こえた。雷鬼の声だった。

莉羽にのしかかっていた男たちが、びくっと震えて身を起こす。

その瞬間、何かが飛んできた。空気を裂く音は聞こえたが、目には何も映らない。鎌鼬《かまいたち》のようなものだったのかもしれない。莉羽が見たのは、自分を押さえていた二人の男が、喉や胸から血を噴き上げて、のけぞり倒れる光景だった。

耳慣れた雷鬼の靴音が、草を踏み、飛ぶように駆けてくる。大声で名を呼びたいのに、かすれた声しか出ない。跳ね起きて飛びついていきたいのに、体が動かない。上体を起こすのが精一杯だった。

「先、生……」

「莉羽……莉羽！　大丈夫か⁉　他に敵は……莉羽‼」

大きな体が走ってくるのが、莉羽の目に映った。心配と焦りをむき出しにした声が、恐怖を溶かす。もう大丈夫だ。助かった――そう思った瞬間、莉羽の全身ががくがくと震え始めた。涙がにじみ、駆け寄ってくる雷鬼の姿がぼやける。息が苦しい。

起こした上体を支えきれず、莉羽は再び地面に突っ伏した。

「莉羽、どうした⁉　怪我をしたのか⁉」

雷鬼の声音に狼狽が混じった。自分のそばに膝をつく気配があった。力強い手で背中を支えられて、起こされる。

「大丈夫か、莉羽⁉　どこが痛むんだ、何か言ってくれ！　まさか、まさかお前……」

答えたいのに、声が出ない。喉がひゅうひゅうとかすれた音をたてるばかりだ。目の前が暗くなる。

「……莉羽っ！」

雷鬼の声音が、狂おしさを帯びた。抱き寄せられる。広い胸に顔を押しつけられて、雷鬼の体温と鼓動がじかに伝わってきた。

（あ……先生……）

安心感が莉羽を包み込む。雷鬼の胸に顔を押しつけていると、徐々に呼吸が楽になった。血のにおいを嗅ぎつけたのか、鴉が騒いでいた。大嫌いな声だが、雷鬼の胸に抱かれていると、恐怖心よりも安心感の方が強い。

ふと、ずっと昔にも、こんなことがあったような気がした。

怖い夢を見たり、うなされる雷鬼を落ち着かせようとして寄り添って眠った時とは違う。もっとずっと自分が幼い時だ。鴉の声が聞こえていた。自分は風に吹かれながら落ちていき、誰かの大きな手に受け止められた。そして温かい胸に強く抱きしめられた。

（……落ちた？）

なんなのだろう、この記憶は。感覚だけは甦るのに、思い出せない。

「大丈夫か、莉羽？　苦しいのか、怪我をしたのか？」

雷鬼の声が聞こえる。広い胸に抱きしめられているのは心地よかったけれど、これ以上心配をかけたくない。言葉を絞り出した。

「大丈、夫、です。怪我は、ありません……先生が、来てくださったから、安心して、気が抜けてしまって……」

「……っ……」

声にならない喘ぎが聞こえた。強く抱きしめていた手をゆるめ、雷鬼が莉羽の肩をつかんで、顔を自分の胸から離させる。確かめるような視線が、莉羽の顔に突き刺さってくる。

「しかしお前……その格好は……」

雷鬼の視線が、死んだ二人の男と、莉羽の間を往復した。

莉羽の全身が熱くほてった。男たちは下半身を露出し、自分は一糸まとわぬ素裸だ。しかも全身に淫油蟲の変化した油がまとわりつき、吐精までしている。恥ずかしさがこみ上げ、再び胸が苦しくなった。

「う……」

「ど、どうした、大丈夫か⁉　くそっ……俺がもう少し早く戻っていれば……‼」

雷鬼が再びうろたえた声を出す。これ以上心配をかけたくない。膝を深く曲げて股間を少しでも隠そうとしながら、莉羽は懸命に説明した。

「ち、違うんです！　こ、これは、その……変な、ぬるぬるの生き物を使って、いたぶられたせいで……我慢しきれずに、出てしまったんです。乱暴はされていません。先生が来て助けてくださったおかげで……」

つっかえつっかえ説明する莉羽を、雷鬼がじっと見つめてくる。ややあって、雷鬼の唇から安堵の吐息が漏れた。よほど案じてくれていたらしい。次の瞬間、もう一度抱きしめられた。背骨が折れるかと思うほどの力だった。

「莉羽……よかった。間に合ってよかった」

「先、生」

「お前にもしものことがあったら、俺は……莉羽。本当に無事なんだな」

莉羽の髪に頬ずりして、雷鬼が呻くように呟く。

抱きしめる腕の力が苦しいけれど、なぜか、離してほしいとは思わなかった。雷鬼の体温も鼓動も、腕の力も、声と一緒にかかる吐息も、すべてが快い。陶然として、莉羽は雷鬼に身をゆだねていた。

どれほどの時間、そうしていただろうか。

鳥が甲高い声で鳴きながら空を渡っていった。その声で我に返ったのかもしれない。ハッとしたように身を震わせ、雷鬼が腕をゆるめる。自分から後ずさって莉羽と離れた。

「すま、ない。その……つい、うろたえてしまった。気味悪く思っただろう。すまない」

「い、いえ。気味悪いだなんて、そんな……」

今更ながらに全裸の自分が恥ずかしくなり、地面に落ちていた衣服を引き寄せて袖を通す。死んだ男たちが視界に入り、慌てて視線を逸らした。それをどう勘違いしたのか、雷鬼が焦った表情で言い足した。

「別にその、おかしな気持ちではなくて、お前が無事だったのが嬉しかったから、つい……疚《やま》しいことを考えたわけじゃない。本当だ」

「そ、そんなこと……。もちろんです、わかっています。先生がそんなこと……」

言い差して、莉羽はうつむいた。

「どうした、莉羽？　やはりどこか、怪我を……」

「いえ……ただ、考えてしまって。先生と初めて会った時も、今回も、私は……私には何かそういう、男性に歪んだ気持ちを抱かせるような、何かがあるんでしょうか」

雷鬼が左眼を大きく見開いた。右眼は火傷のせいで、あまり動かない。それでも驚愕の色が瞳を流れたのはわかった。

「何を、馬鹿なことを」

「いやだと思っているのに、他人に見られているのに、達してしまいました。こんな恥知らずな体……普通じゃないんです、きっと。しかも男なのに何度も襲われるのは、私に何か、原因があるんじゃないかと思って……」

「違う！」

強い口調で言い、雷鬼が莉羽の両肩をつかんだ。

「いいか、莉羽。お前には何も悪いところなどない。悪いのはあの連中だ。二度とつまらぬ疑いを抱くな」

まっすぐに見つめられる。琥珀色の虹彩に縁取られた漆黒の瞳が、強い光を放っている。

気圧《けお》されて、莉羽は頷いた。雷鬼がほっとしたように頬をゆるめ、衣服をまとった莉羽に手を貸して、助け起こしてくれた。

「わかってくれたか。……とにかく庵に戻ろう。体を拭ってゆっくり休んだ方がいい。俺はまた、都に戻らねばならん」

「え……」

「黒耀を見張りに置いてきたが、まだ目的は果たしていない。何も言わずに一晩戻らなかったから、お前が心配しているだろうと思ったんだ。薬や爆弾も、もっと必要だった。……歩けるか？　疲れきっているようだ、俺に負ぶされ。庵に戻ったら、ゆっくり休むといい。結界を強めて、絶対人が近づかないようにする」

「この、男たちは……？」

「考えなくていい。あとで俺が始末しておく」

莉羽を背負い、雷鬼は草を踏み分けて駆け出した。

広い背中の温かみに心がやわらぐ。その一方で、雷鬼の前で醜態を晒したという恥ずかしさが胸を噛む。複雑な心境の莉羽に、苦しげな雷鬼の声が聞こえた。

「莉羽。お前がそんなふうに考えたのは、俺のせいか？」

「え……？」

「男に襲われるのがお前自身のせいだなどとは、完全な誤解だ。だがそう誤解させたのは、もしかして俺か？　俺がいきなりお前を抱きしめたりしたから……」

「ち、違います。そうじゃありません」

莉羽は急いで首を左右に振った。

雷鬼の広い胸に抱きしめられて感じたのは、安心感と心地よさだった。強すぎる腕の力が痛かったけれど不快感はなく、むしろ嬉しかった。いつまでも抱きしめていてほしいくらいだった。ただ、好きでもない男たちに何度も襲われるのは、耐えがたい。

だが雷鬼は気にしているようだ。莉羽は明るい声を作って答えた。

「私は父や兄を早くに亡くしましたから……畏《おそ》れ多いことながら、先生を頼り甲斐《がい》のある父か、年の離れた兄のように感じます。子供に返って守られているようで、ほっとしました」

「……父というほどの年ではないが、そう思って頼られているなら、嬉しいことだ」

背負われているので、雷鬼の表情は莉羽には見えない。ただ声だけが聞こえた。

そのうち雷鬼の肩越しに、庵が見えてきた。背中からもうすぐ下りねばならないと思うと、なぜか物足りない心地がした。ずっと雷鬼に背負われて、肩に頬をくっつけていたかった。

莉羽を庵に送って周囲の結界を強化したあと、雷鬼は『絶対に庵から出るな』と何度も何度も念を押し、再び山を下りていった。一人残された莉羽は、藁布団に身を横たえ、眠って疲労を取ろうとした。しかし疲れきっているのに、寝つけない。雷鬼がいないことが、ひどく心細かった。

子供の頃の添い寝のような、壊れ物を扱うような優しい手つきではなく、今日は痛いほどの力で抱きしめられた。けれど少しもいやではなかった。男たちに触れられるのは、ただただ気持ち悪かったのに、相手が雷鬼だと感じ方がまったく違っていた。

あの広い胸や力強い腕が恋しい。もう一度、抱きしめてほしい。

(……どうしたんだろう?　こんなにも先生に甘えたい気持ちになるなんて)

今なお体がほてっているのは、淫油蟲に嬲られた後遺症だろうか。そうとも思えない。胸に甦るのは、淫油蟲や暴漢たちのことではなく、雷鬼のことばかりだ。抱きしめられたり、広い背中に負われた感覚が、莉羽の肌に焼きついている。

(先生……)

熱に浮かされた体を持て余し、莉羽は何度も寝返りを打った。

黒耀を見張りに残してまで雷鬼が調べた筋は、さほどよい結果にはつながらなかったらしい。その夜戻ってきた雷鬼は、疲れきった表情だった。

黒耀が『ただいま』の挨拶《あいさつ》のつもりか、莉羽の前へ来て顔を舐めたので、いつものように首に腕を回してぎゅっと抱きしめた。ふかふかの毛並みがくすぐったくて気持ちいいけれど、何か物足りない。つい、雷鬼の方へ視線を向けた。

「どうした、まだ調子が悪いのか。薬を煎じようか？」

「い、いえ。大丈夫です。先生が帰ってきてくださって、ほっとして……」

半分は本音だが、残り半分は違う。昨日のように雷鬼に抱きしめてほしいのに、距離が遠いのが寂しいのだ。しかしそうは言えなかった。莉羽は黙って、黒耀の毛並みを撫で続けた。

翌日と翌々日の雷鬼は、庵にこもって仙薬か何かを作っていた。そして三日後、再び街に下りると言った。

考えに考えた末、莉羽は自分も連れていってほしいと申し出た。雷鬼が眉をひそめる。

「お前は人目を避けているんじゃなかったのか？　都は人が多いぞ。俺の周囲に幾重にも結界を張っておけば、この前のようなことは起こらないだろうから……」

その通りかもしれない。

けれど一人でいるのは心細かった。まだ帰ってこないか、もう戻るかと不安な思いで雷鬼を待つのは、いやだった。そう訴えると、雷鬼は仕方なさそうに承諾してくれた。

大型犬の黒耀は目立つので留守番に残し、二人だけで山を下りた。よくできた偽物の通行証と、雷鬼が番兵に一瞬だけかけた目くらましで、無事に都へ入ることができた。莉羽にとっては十年ぶりに足を踏み入れる場所だ。

（都は……王宮は、どんなふうに変わっているんだろう？）

緊張で胸がばくばくする。

道の端には、物売りが台を置いて品物を並べ、餅や草鞋《わらじ》、布などを売っている。その呼び声が騒々しい。さらに、道の中央は騎馬兵や牛車や荷車が激しく行き交い、うかつに近寄るとはじき飛ばされてしまいそうだ。

（……気持ちが、悪い）

莉羽はうつむいてこめかみを押さえた。人でごった返す大通りなど、久しく歩いたことはない。

「大丈夫か？　苦しそうだぞ、莉羽」

「人酔いしたのかも……平気です、すぐに慣れます」

「こちら側を歩け。俺の陰にいた方がいい」

そう気遣ってもらい、雷鬼の大きな体を盾にする格好で歩き始めたが、まだ緊張は解けない。皆が自分たちの方を見ている気がした。逃亡中の莉羽王子だと気づいて兵士に知らせているのではないか、そんな不安が湧き起こる。

(……考えすぎだ。みんながそんなに、私に注目するわけがない)

そう自分に言い聞かせつつも、本能的な恐怖は消えない。大きな雷鬼の体に隠れるようにして歩いた。しかし注目されていると思ったのは気のせいではないらしく、雷鬼が困惑混じりの口調で呟く。

「どうも、人目を集めてしまうな。こんな黒覆面では怪しまれるのが当然だろうが……」

ほろ苦い色を瞳に走らせた雷鬼の腕に手をかけ、莉羽は首を横に振った。

「違います。覆面は確かに理由の一つかもしれませんけど、先生は背が高くて、一見武芸者ふうですから、それで目立つんだと思います」

莉羽は本気でそう思っていた。

雷鬼は背が高く肩幅が広く、その辺の武芸者には負けない体格をしている。覆面で顔は隠れているけれど、目ざとい者は、雷鬼の瞳の涼やかさに気づくはずだ。そして一度気づいてしまえば、目を離せなくなるに違いない。

真剣に言ったら、雷鬼が苦笑した。覆面をしていても、莉羽には表情がわかる。

「半分はお前が注目されているんだ。お前が、あまり美しいから」

「え?」

耳を疑って問い返したが、雷鬼はそれ以上答えてはくれなかった。

（美しい、って……先生が私に、こんな言葉をおっしゃるなんて）

今まで十年間一緒に暮らしてきたが、雷鬼はいつも自分を庇護対象としてしか見ていないようだった。『気が利くな』、『賢い子だ』、『よくがんばった』などと、内面や努力を褒めてはくれたが、外見について口にしたことはなかった。胸がどきどきした。

奇妙なときめきを振り払おうと、莉羽は一生懸命に話題を探した。

「あ、あの……どこへ向かっているんですか？」

「生薬屋《きぐすり》だ。よく効く熱冷ましや痛み止めは、高く買い取ってもらえるんだ」

「それで昨日と一昨日《おととい》は、薬を作っていらしたんですね」

「ああ。情報を集めるにはどうしても金がかかる」

韓越との因縁を思い返しているのか、覆面から覗く雷鬼の目つきは険しい。

その時、大通りの向こうから、騒がしい気配が近づいてきた。何人もの怒号や悲鳴が聞こえる。武具が打ち合う響きらしい金属音も混じっている。

「先生……‼」

「気をつけろ、莉羽。離れるな」

そういう間にも、騒ぎと土煙は近づいてくる。騒ぎのきっかけになったのは、先頭を切って走ってくる若者らしい。怪我をしたのか、あるいは返り血か、白麻の上着が血で赤く汚れていた。

若者を追うのは十数名の兵士だ。

人でごった返す大通りのため、さすがに弓矢は使わないようだが、振りかざした剣や矛の光は、人々を怯えさせるには充分だった。

「誰か、奴を捕らえろ！」

「白穂党《はくすい》だ、重罪人だぞ！　逃がすな‼」

口々に叫ぶ兵士たちは、周囲の通行人を突きのけ、追い散らして走る。

女子供が泣き叫ぶ。騒ぎに乗じて、台に並んだ売り物をかすめ取って逃げる者がいる。それを物売りが追おうとして、日よけの柱にぶつかり、屋台が倒れる。

大混乱になった。

巻き込まれまいと、莉羽は雷鬼の腕にしがみついた。

（いやだ、いやだ……怖い！）

両親と兄が処刑された日から、兵士は莉羽にとって恐怖の象徴だった。

怒号、武具のぶつかる金属音、荒々しい靴音——封じていた記憶が、引き出されていく。

幼い頃、反乱軍が王宮に突入してきた時に聞いた音だ。人生が一変した日の恐怖は、簡単には忘れられない。怖くてたまらないからこそ記憶の底に封じ込め、可能な限り思い出すまいとしてきた。

だが兵士たちの姿が、怒りに歪んだ声や形相が、反乱の日を思い起こさせる。封じ込めたはずの記憶が、記憶にかぶせた蓋を突き破って、噴き上がってこようとする。

（先生……‼）

雷鬼は助けてくれる。一緒なら心配はない。そう自分に言い聞かせて逞しい腕にすがりつき、莉羽は忌まわしい記憶を封じようとした。

しかし、莉羽たちの前を走り過ぎた若者が、くるりと身をひるがえした。兵士たちとの距離は徐々に縮まっている。このままでは逃げ切れないと思ったのかもしれない。若者は短剣を抜き、通りかかった荷駄馬《にだうま》の尻に斬りつけた。

馬が狂ったようにいななないて竿立《さおだ》ちになった。背中の荷を振り落とし、人混みに向かって突っ込んでくる。

よけようとする人の波が、莉羽たちの方へ押し寄せてきた。

「莉羽！　手を……」

離すな、と言いかけたのだろう。だが雷鬼の声は、人々の悲鳴や怒号にかき消された。

腕をつかまえていた手が、人に押されて離れる。

「先生⁉　先生っ……‼」

叫んだ声が聞こえたかどうかはわからない。莉羽の細い体は、狂奔する馬を避けようとする人波に巻き込まれ、流された。

立ち止まれば、きっと押されて転ぶ。転んだら、踏まれて死ぬかもしれない。

雷鬼と距離が離れることがわかっていながら、走るしかなかった。足がもつれる。もともと走るのは速くない。

路地を見つけ、莉羽は身を投げ出すようにして転げ込んだ。

「……つぅっ！」

肩口をぶつけた。上体を起こして大通りの方へ目を向けると、まだ人波が走っていくのが見えた。

（先生はどこにいらっしゃるんだろう。……そうだ。確か持ってきていたはずだ）

子鳳にもらった白玉の帯飾りを手に載せた。牡丹の花の彫刻が、相手の居場所を指し示すという話だった。

もらった時はうつむくように咲いていた花が、今は違う方向を向いている。

（向こうへ進めばいいのか……。でも大通りには戻れない。混乱していて、危険そうだ）

このまま路地を抜けて反対側の通りに出てから、雷鬼の居場所へ向かおう。莉羽はそう決めて立ち上がり、衣服の埃《ほこり》を払って歩き出した。だが細い路地は思ったより長く、曲がりくねっていた。牡丹の花が示す方向へ行きたくても、なかなか近づけない。

袋小路へ迷い込んだり、怪しげな物売りに腕をつかまれ、必死に払いのけて逃げ出したり、うろうろとさまよっているうち、路地の先が明るくなっているのが見えた。広い場所に出られそうだ。雷鬼を見つけやすくなる。

ほっとして莉羽は駆け出した。路地から飛び出す。

「……っ‼」

莉羽の全身がこわばった。

路地の先は大通りではなかった。都の中央広場だった。

朝市は終わったらしい。広場を埋めつくしていたであろう物売りが、売れ残った荷物や、商品を並べる台をまとめて帰り支度に入っている。日よけを引っかけていたはずの柱が、まだ片づけられずに林立しているのが、目の粗い竹の柵のように見えた。

(ここ、は……この広場が、あの時の……)

莉羽の背筋を悪寒が走り抜ける。

今は市が終わったあとで、まだ買い物客や売り手、見物人がうろついている。朝市の活気がなごりのように漂っていた。

だがあの時は——十年前は違った。

ここは、処刑した王と王妃、王太子の死骸を臣民に晒して、見せしめにするための場所だった。処刑台に留まった鴉が、耳を塞ぎたくなるようないやな声で鳴いていた。

(いや、だ……いやだ、怖い……)

竹の柵と見張りの兵が、晒されている死骸に見物人が近づくことを阻んではいたが、死骸がどんな有様かは丸見えだった。鴉が遺骸をつつき、その肉を食いちぎっていた。

斬首された父と兄、絞首刑にされた母、いずれにも生前の面影はなかった。黒い穴のようになった眼窩、唇の肉を失って歯や歯茎がむき出しになった口元。体に留まって容赦なく肉をついばみ、上を飛び回る鴉の群れ――すべてが怖かった。そして実の両親や兄なのに、変わり果てた姿を怖いと感じてしまった自分自身に、強い罪悪感を覚えた。

祥華に抱え上げられて、柵から引き離されなければ、いつまでも広場で叫び続けていたかもしれない。

苦痛が強すぎるから、思い出さないように心の奥底へ押し込めていたのに、上に張った薄い瘡蓋《かさぶた》を突き破って、記憶が奔流のように噴き出してくる。

（苦し、い……助けて、先生……）

息ができない。空気を吸い込んでも吸い込んでも、体に入ってこない。目の前が暗くなり、全身の力が抜ける。

莉羽は地面にくずおれた。

「おい、どうしたんだ、あんた？」

「なんだなんだ、行き倒れか？　連れはいねぇのかよ」

自分の周囲に人が集まってくる気配がする。けれど息が苦しくて、返事ができない。

（先生、助け、て……）

薄れていく意識の中、懸命に雷鬼に助けを求めた時だった。よく通る力強い声が、周囲のざわめきを圧した。

「私の知り合いだ。……急な病のようだ。そこの家へ運んで寝かせよう」

まったく知らない声だった。けれども相手は躊躇《ちゅうちょ》なく自分を抱き上げ、どこかへ連れていこうとしているようだ。誰だろう。まさか王宮の関係者か。自分が前王の忘れ形見で、反乱の際に一人だけ逃げのびた第二王子と気づいたのだろうか。

(いやだ、あんなふうになるのは……鴉につつかれるのだけは……)

しかし息苦しさは増すばかりだ。誰ともわからない男に抱き上げられたまま、莉羽は意識を失った。


ほのかな香のにおいがする。甘いのにすっきりと爽《さわ》やかで、気持ちいい。

開けた目に映ったのは、手の込んだ花鳥画が描かれた天蓋《てんがい》だった。自分は絹布団にくるまれて、豪華な寝台に寝かされている。

(どこだ⁉　どうしてこんな場所に……)

愕然として跳ね起きた。気を失う前の出来事が、断片となって意識の中をぐるぐる回る。怒声をあげて走っていった兵士、剣の鞘《さや》や鎧《よろい》がぶつかる金属音、緊張した空気――もしや自分は、素性がばれて捕らわれたのか。しかし罪人をこんな寝台に寝かせるわけはない。

「お気がつかれましたか？」

可愛《かわい》らしい声がかかって、莉羽はそちらに目を向けた。

部屋の入り口近くに、髪を高く結い上げ、絹の着物に身を包んだ童女が座っていた。

「こ、ここは……ここはどこです？　私はなぜ……」

「そのままお待ちくださいませ。索《さく》の旦那様《だんなさま》を呼んで参ります。今、別のお部屋でお酒をお召しでいらせられまする」

莉羽の問いには答えず、教えられた口上を述べるような口調で言って、童女は丸椅子から降り、部屋を出ていった。残された莉羽は、寝台に座ったまま部屋を見回した。さっきの言葉からすると、ここはどうやら妓楼《ぎろう》のようだ。

不安に駆られて自分の衣服をあらためる。一度帯を解いてから結び直したように感じるが、医者に診《み》せたのか、淫らな行為をされたのか、判断がつかない。

(索の旦那様……というのが、あの声の主か？)

気を失っている自分を寝かせて、さっきの童女をつき添わせ、自分は別の部屋で遊妓を相手に酒を飲んでいるのだろう。こんな高級な場所で顔が利くのは、相当裕福に違いないが、何者だろうか。

やがて、さっきの童女を先に立たせて、一人の青年が部屋に入ってきた。

「気がついたか。医師の話では、多少疲れは溜《た》まっているが、特に病というわけではないそうだ。何かのきっかけで緊張が高まり、気を失ったのだろうと言っていた。薬湯を処方してくれたから、飲むといい」

童女が差し出す薬湯を飲むと、気分がすうっとした。空の椀《わん》を手にして童女が出ていくと、部屋には莉羽と青年の二人きりになった。青年は寝台のそばの肘掛《ひじか》け椅子に腰を下ろし、にこにこと笑いかけてくる。やや気障《きざ》に見えるのが欠点だが、すっきりと洗練された印象を与える美青年だった。

青年の正体は気になるものの、まずは礼を言うのが先だ。

「あなたが助けてくださったんですね。どうもありがとうございます」

「なあに、気にすることはない。たまたま通りかかって目についたし、すぐ近くに行きつけのこの妓楼があったから、連れてきただけのこと。……私は索冬波《とうは》という。この国の光禄大《こうろくだい》夫《ぶ》を務める者だ。そなたは？」

莉羽の心臓が早鐘を打ち始めた。

(王宮の、それも重臣……でもまだ敵かどうかはわからない。つかまえるためなら、気を失っている間に城へ連れていって、投獄してしまえばよかったんだから)

下手に動揺すれば不審を買うだけだ。そう思い、莉羽は懸命に平静を装った。

「道士の見習いで、楊と申します」

「下の名は？」

「り……莉花、です」

もちろん本名は名乗れない。とっさに違う名前も出てこず、祥華がつけてくれた偽名を口にした。冬波がにこりと笑う。

「ふむ、美しい名だ。そのたおやかな容姿にふさわしい。……が、男なのだろう？　女物の衣装を身につけているし、てっきり女性だと思っていたから、抱き上げて驚いたよ」

「いえ、これは、その……まじないのための格好です。索様」

「冬波と呼んでもらえると嬉しいのだが。私もそなたを『楊君』などという無粋な言い方でなく、莉花と呼びたい」

「それはもちろん、お好きなように呼んでいただいて構いませんが……あの、どうもありがとうございました。本当に助かりました」

話しぶりを聞いていると、男だと知った今でも冬波は自分を女扱いしているようだ。さっさとここを出た方がいいと思い、莉羽は寝台から下りようとした。しかし立ち上がると目の前がぐらりと揺れる。体を支えきれず尻餅をついた。そのまま倒れ込みそうになるのを、すばやく冬波が手を伸ばしてきて支えてくれた。

「大丈夫か？　無理をせず、ゆっくり休んだ方がいい」

「は、はい」

情けないけれど、自力で動けないのでは是非もない。寝台に座ったまま、眩暈《めまい》がおさまるのを待っていたら、冬波が話しかけてきた。

「さっきのように、緊張のあまり気を失うことは多いのか？」

「え？　いえ、年に一度、あるかどうかぐらいで……」

「今日は私が通りかかったからいいが、危険だな。たちの悪い連中が近くにいたら、金品を盗まれたり、身ぐるみ剝がされたり、果てはもっとひどいことになるかもしれない。何しろそなたは美しすぎる。最初に倒れている姿を見た時は、羽衣を失った天女かと思った」

「な、何をおっしゃいます。お戯れはおやめください」

真顔で言われて莉羽の頰が熱くなった。

「この程度の言葉で赤面するとは、うぶなことだ。道士の見習いなどしているから、自分の容姿に気づかないのだな。男の美しさが極致に達すれば、女など到底及びもつかぬ魅力を醸し出す。……いや、気絶の話だった。見習いならば師匠がいるはずだが、その道士はそなたの病を治してはくれないのか」

「その、これは……簡単に治る病ではないのです」

「それはよくない。今日のようなことが何度も起こっては、いつかは命を落としたり、乱暴されたあげくに売り飛ばされたりするだろう。私なら、国中に手を回してよい医者を探すことができる。どうだ？　しばらく私のもとへ滞在しては」

「い、いえ。とんでもないことです。それより、帰ります。一緒にいた私の師と、人混みではぐれてしまって……今頃、私を捜しているかもしれません」

冬波と話していると、巧みに主導権を握られて、いつのまにか承諾させられてしまいそうだ。莉羽は急いで寝台から下り、身繕いをした。冬波が仕方なさげに肩をすくめる。

その時、遠くから騒がしい声が響いてきた。何か争っているようだ。

「困ります、勝手に奥へ入られては……‼　誰か、誰か止めて！」

「出ていけ、他のお客に迷惑だ！　おい、みんな、こいつを叩き出……うわあぁぁっ‼」

「邪魔をするな！　莉羽、どこだ⁉　莉羽！」

自分の名を呼ぶ声を聞きつけて、莉羽の体が跳ねた。あれは雷鬼だ。

冬波が面白がるように口角を引き上げる。

「君の知り合いか？」

「は、はい。そうです。先生が……私はここです！　大丈夫です、先生‼」

不安に駆られ、莉羽は部屋の出口に駆け寄って叫んだ。雷鬼が自分を案じて騒ぎを起こしているかと思うと、気が気でない。武芸に優れているうえ術も使える雷鬼が、普通の人間を本気で攻撃したら、相手は大怪我か、下手をすれば命を落としてしまう。

叫びが届いたのだろうか。

「莉羽！」

名を呼ぶ声が、飛ぶように近づいてくる。階段を駆け上がり、廊下を突っ走っているのに違いない。莉羽は扉を開けて部屋から飛び出した。

廊下のずっと端で、使用人らしい男を乱暴に突き飛ばす、黒覆面の男が見えた。

「先生……‼」

「莉羽、そこか⁉」

突きのけた男には見向きもせず、雷鬼が飛ぶように駆け寄ってきた。大きな手が、莉羽の両肩を鷲《わし》づかみにする。

「大丈夫か⁉　何があった、どうしてこんな場所に連れ込まれ……っ！」

雷鬼の声がとぎれる。

覆面の隙間から覗く瞳は、凄まじい怒りに火を噴かんばかりだ。視線が見据えているのは、さっき莉羽が出てきた部屋の入り口だった。ハッとした莉羽が振り向くと、面白がるような笑みを浮かべた冬波が立っていた。

「貴様、莉羽に何をした！」

雷鬼の声が荒々しくたぎった。

「違います、先生！　何もされていません、この人に助けてもらったんです！」

体のまわりを雷が走るかのような、凄まじい怒りの波動を感じ取り、莉羽は慌てて冬波と雷鬼の間に割って入った。でないと雷鬼が冬波を殺してしまうかもしれない。

「先生とはぐれたあと、私は広場で気を失って、倒れてしまって……この方に助けてもらったんです。ここへ運んで、休ませて、お医者まで呼んでくださったそうです」

雷鬼はじっと莉羽を見つめて説明を聞いていた。険しかった瞳の色が、徐々にやわらぎ、当惑の気配をにじませる。

「本当か？　ここは、普通の宿じゃない」

「大丈夫です、先生。休ませてもらっただけです。本当に、大丈夫ですから」

「そうだったのか……」

雷鬼が大きく息を吐いた時、多人数の荒々しい足音が聞こえた。剣や棒を手にした男たちが階段を駆け上がり、廊下を走ってくる。

「いたぞ、あいつだ‼」

「油断するなよ！　強いし、怪しい術を使うぞ！」

「ぶちのめして役人に引き渡しちまえ‼」

妓楼の使用人らしい。雷鬼を認めて殺気立っている。逆に雷鬼には、誤解から遮る者を叩き伏せたという負い目があるのだろう。防戦の構えを取ることもなく、両腕をだらりと垂らしたまま、喉が詰まったような音をたてた。

莉羽を自分の背後へ押しやって、男たちの方へと向き直り、深々と頭を下げる。

「すまない。俺の誤解だった」

使用人たちは気を呑まれたような表情で顔を見合わせたが、頬を腫《は》らしたり、脚を引きずったりしている者の怒りは、その程度ではおさまらないらしい。

「何が誤解だ、あれだけ暴れておいて！　謝ったぐらいですむか‼」

「すまない……詫びる以外にどうすればいいのか、俺にはわからない。なんだったら、好きなだけ殴ってくれ」

「おお、叩きのめしてやるとも！　だが調度品や建具も壊れたんだぞ、どう落とし前をつける気だ⁉　だいたい、その胡散臭《うさんくさ》い覆面はなんだ！　詫びる気なら、まずそれを取れ！」

「こ、これは……」

雷鬼が言葉に窮した時、莉羽の背後から声がかかった。

「まあまあ、皆、落ち着け。損害はどの程度だ？　すべて私が弁償しよう。無論、怪我をした者の治療代も出す」

「索様。しかし、こやつは……」

冬波が誰か知らない雷鬼が、戸惑った眼になった。莉羽は小声で青年の正体を教えた。その間に冬波は前に進み出て、殺気立った使用人たちをなだめている。

「まあ、静まれ。私の落ち度だ。私が連れてきた、この病人の身内らしい。……妓楼へ『担ぎ込まれた』ではなく、『連れ込まれた』という間違った話を聞いて、病人がけしからぬ真似をされていると誤解したようだ。私が玄関番によく話しておけばよかった」

言いながら冬波は、使用人の頭株に何か渡した。「皆で一杯やりなさい」と言うのが聞こえたから、酒代だろう。使用人たちがにわかに態度を変え、冬波にぺこぺこと頭を下げたあと立ち去っていった。

三人きりになったあとで、冬波が莉羽に視線を向けた。

「名前が二つあるのかな?」

「!」

莉花と偽名を名乗ったことを忘れていた。

「い、いえ、あの……こちらは、通称で……」

「では私には本当の名を教えてくれたのか。それは嬉しい」

嘘だと見抜かれたかもしれない。普通、会ったばかりの人間に本名を教えはしない。しかし冬波は指摘しないし、莉羽の言う『通称』が逃亡中の王子の名であることにも触れない。気づいていないのか、それともあえて聞き流したのだろうか。わからない。緊張で顔がますます熱くなる。

冬波が雷鬼に視線を移した。

「医者の話では、疲れが溜まっていて、緊張をきっかけに気絶したそうだ。病ではないと言っていた」

「そ、そうだったか。その……なんと申し上げていいか、わからない。莉羽を助けてもらったというのに、貴公をどなりつけてしまった。詫びる言葉もない」

雷鬼が冬波に頭を下げた。顔は覆面に隠れているが、声音で雷鬼が困惑しきっていることは充分伝わったのだろう。冬波は余裕ありげなゆったりした笑みを浮かべた。

「いやいや。美人の窮地を救うなど、滅多に味わえない楽しみだ。莉花と知り合いになれて、実に嬉しい。莉花にずっとついていたかったが、なじみの妓《おんな》が焼き餅を焼いてしまったものでね。別の部屋で飲まざるをえなかったんだ。そうでなければ、ずっと君の寝顔を見ていたかった。実に美しくて、愛らしかったよ」

「……っ……」

莉羽の頬が熱くほてった。雷鬼の前で寝顔がどうこう言われたのが、気恥ずかしい。

「ああ、もちろん雷鬼道士とお近づきになれたことも、光栄に思っている」

冬波は雷鬼に視線を移し、いかにもつけ足しくさい口調で言う。さっきまで申し訳なさで頼りなく揺れていた雷鬼の眼が反感の気配を帯びるのを、莉羽は見逃さなかった。

「ところで道士殿、その覆面は？　事情があってのことだろうが、それでは怪しまれても仕方がない。外されてはいかがだろう」

外せば顔を見られてしまう。半面に大火傷を負った道士の噂が、後宮まで届いて韓越に聞こえるかもしれない。莉羽は雷鬼をかばって一歩前へ踏み出し、都へ入る時、門番に対して使った言い訳を口にした。

「先生は今、新しく作った薬の失敗で、ひどく顔がかぶれてしまっているんです」

「おやおや」

「顔の吹き出物から、毒素が出るのです。それを人に浴びせないよう、こうして顔を覆い隠して……助けてくださった方に対し、無礼は承知の上ですが、どうかお許しください」

懸命に莉羽は取り繕った。雷鬼も一緒に謝罪し、冬波はそれを快く受け入れた。

「よければ、泊まっていかないかな？　ご希望なら綺麗どころを揃《そろ》えさせよう。あるいは月など愛《め》でつつ、女を交えず男だけで飲むのも楽しいものだ」

「いや、ご厚意には感謝するが、酒席は苦手だ。失礼する。……莉羽、帰ろう」

雷鬼は先に立って出口へ向かう。莉羽は冬波に深く頭を下げて、礼の言葉を述べてから、あとを追おうとした。しかし、

「あ、待て、莉花」

軽い口調で言って、冬波が手を伸ばしてくる。髪についたゴミを取ろうとするような仕草だったから、莉羽は足を止めた。と、肩をつかまれ、強く引かれた。

「……っ⁉」

いきなり抱きしめられ、莉羽は硬直した。その耳元に唇を寄せ、冬波が囁《ささや》いてくる。

「また会いたいものだね。今度は二人きりで」

声とともに吐息を吹き込まれ、莉羽の心臓が大きく跳ねた。一瞬にして、全身が熱くほてった。背後で、雷鬼が息を呑んだ気配がした。その気配が怒りに変わる。

「貴様っ……‼」

「はい、取れた。糸屑《いとくず》だ」

雷鬼が怒鳴り声を上げた瞬間、冬波はすばやく莉羽から手を離して、一歩下がった。莉羽とその背後の雷鬼に向かって、にこやかな笑みを向ける。

「その艶《つや》やかな黒髪には、こんな糸屑より、翡翠《ひすい》や珊瑚の髪飾りこそふさわしい。今度会う時までに用意しておこう」

単なる冗談か、それとも本気か。冬波の表情からは読みきれない。莉羽が言葉に窮した時、雷鬼に手首をつかまれ、引っ張られた。

「帰るぞ、莉羽。冬波殿、世話になった」

明らかに怒りの混じった口調で言い捨て、雷鬼は莉羽を引っ張って妓楼を立ち去った。

莉羽が倒れている間、雷鬼は覆面を兵士に怪しまれて尋問を受けていたという。人目を忍ぶ事情がある雷鬼は頃合いを見計らって術を使い、兵士たちから逃がれたものの、それが原因で莉羽のもとへ来るのが遅れたらしかった。

日はまだ高かったが、今日はいろいろとケチがついたので早く帰ろうと、雷鬼は言った。莉羽にも否やはない。こんな恐ろしい場所は、早く出たい。

都市を囲む城壁の外へ出て、人通りがない場所まで歩いたあと、雷鬼が術で雲を作った。雲に乗って空を飛ぶ間に雷鬼が問いかけてきた。

「……知り合いか？」

「えっと……誰のことでしょうか、先生」

「さっき部屋にいた男だ。ずいぶん親しげに話していた。前から知っている相手なのか？」

「とんでもない。今日初めて会った人です。広場で倒れたのを助けてくださって……」

「そうか。普段のお前は他人を警戒するのに、あの男に対してだけはずいぶんと愛想がよかったから、知り合いだと思った」

雷鬼の声音は不機嫌だ。

助けてくれた恩人にあまり素っ気なくするわけにもいかず、そのうえ、親しげに話しかけてくる冬波には、悪意の影さえ窺《うかが》えなかったので、ついつい愛想よく答えたのだが、何か間違っていただろうか。

（そうか……先生は、私が素性を隠さねばならない身だからと、ずっと匿《かくま》ってくださっている。それなのに油断して他人と親しげに話していたから、気を悪くなさったんだ）

他に理由が思い当たらない。莉羽は深く頭を下げて詫びた。

「申し訳ありません、先生。お気を悪くさせてしまって」

「ば、馬鹿な。別に俺は、お前が他人と親しげだからといって、気を悪くしたりは……」

「いえ、素性を隠さねばならない身の私を、先生はずっと気遣ってくださっていたのに、いくら冬波殿に助けてもらったといっても……軽率でした。申し訳ありません」

雷鬼が大きく息を吐いた。ほっとしたような気配だった。

「違うんだ、俺も悪かった。あの時、お前の手をしっかりつかんでいればよかった。もうこの話は終わりにしよう」

「はい」

莉羽としても、冬波に口説《くど》かれたことなど恥ずかしくて言えない。これ以上、尋ねられなくて助かった、というのが正直な心境だった。

——以前子鳳に言われた『些細なことでもしつこいくらいに話し合え』という注意は覚えていたが、そこまで重要なものとは考えていなかった。二人の間に疑いが入り込む、という状況が想像できなかったせいもあるし、言葉をつい呑み込んでしまうもともとの気性は、そう簡単には変わらない。

黙ったままの二人を乗せた雲は、すでに庵の近くまで来ていた。

(莉羽はああ言ったが、本当に初めて会った相手だったんだろうか。初対面にしては馴《な》れ馴《な》れしすぎた)

翌日になっても、その考えは雷鬼の頭を離れなかった。

今日は一人きりで山を下りた。本格的な調査となれば、どうしても莉羽は足手まといになる。莉羽自身も、黒耀と留守番をしていてくれと言うと素直に頷いた。猟師たちに襲われたのが怖くて雷鬼に同行したけれど、大通りの人混みの方が怖かったと話していた。

以前からそうだ。莉羽は人混みを恐れ、他人との接触を嫌う。山中の庵にいる時は、のびのびとした屈託のない笑顔を見せてくれるが、旅で街道を歩いている時などは、ひどく緊張した顔をしている。

だから昨日、一緒に都へ行きたいと言い出した時は、意外すぎて驚いた。

(……なぜ莉羽は急に、あんなことを言ったんだ?)

冬波と話して、頬を赤らめていた莉羽の姿が脳裏をよぎる。

(もしや、あの冬波という男に会うために、都へ行ったんじゃないのか……?)

気の回しすぎかもしれない。しかし疑えばいくらでも疑える。

(初対面だったとしても、俺が駆けつけるまでにどんな話をしていたか、わかったものではない。いや、話だけですんだかどうか。見るからに手の早そうな男だった)

莉羽の態度にも、冬波に対する嫌悪は乏しかったように思う。以前の山賊や猟師たちに向けていた表情とは、明らかに違っていた。

何よりも気になっているのは、名前のことだった。

『名前が二つあるのかな？』

『い、いえ、あの……こちらは、通称で……』

冬波と莉羽は、確かにそう話していた。莉羽というのは本当の名ではないらしい。自分には教えない本当の名を、冬波には教えた——そのことが棘《とげ》となって、雷鬼の心に深く刺さった。十年一緒にいて、ずっと名前を偽られていたのだ。そのことを思うと、苦いものがこみ上げてくる。

ふと、失望している自分自身に気づいて驚いた。

（……俺はこれほど莉羽を信じていたのか）

いつの間に莉羽は、こんなにも自分にとって重要な存在になっていたのだろう。初めて会った時には、可哀相だと思いつつも、正直、面倒なことに巻き込まれたという気持ちが強かった。雷鬼自身、仇を捜していっぱいいっぱいの身の上だ。可哀相で振り捨てることはできないと感じる一方、他人を助ける余裕はないとも思っていた。

気持ちが変わったのは、その夜、莉羽が『怖い夢を見た』と、自分を揺り起こした時だ。

あの時、自分も夢を——玉韓越の一撃で顔を焼かれた時の夢を見ていた。恐ろしくて悔しくて、心臓は今にも破れそうなほど激しく拍動していた。

夢だったと気づいて安堵した瞬間に見たのは、小さな白い顔だった。黒い瞳には、焼けただれた自分の顔が映っていた。けれど莉羽の声にも表情にも、醜い顔を厭う気配はなかった。

我知らずのうちに警戒心が解け、独りぼっちになった子供を、いたわる気持ちだけが湧いた。そうでなければ子供とはいえ赤の他人を、胸に抱いて眠ろうとは思わなかっただろう。

十五年前の敗北以来、自分は何を信じていいのかわからなくなっていた。

すべては兄弟子に裏切られたせいだ。

（韓越……）

名を口の中で呟くだけで、怒りに身が震える。右半面を覆う火傷は、韓越に負わされたものだ。呪詛のこもった傷なので術や仙薬で治すことはできない。火傷を見たり、引きつれた皮膚に手が触れたりするたび、己の未熟さと、韓越への怒りをかき立てられる。

雷鬼が生まれ育ったのは、田舎の寒村だった。

父親は旅の流れ者という話で、雷鬼は母一人子一人で育った。五つの時に病で母を亡くしたあとは、薪拾いや荷運びなどの労働と引き替えに、わずかな食糧を村人からもらって命をつないでいた。

七歳の時に転機が訪れた。劉という旅の老道士が村を通りかかり、雷鬼に目を留めたのだ。道士の資質がある、一緒に来るかと言われて、雷鬼は一も二もなく従った。村人の中には騙されているんだ、売り飛ばされるぞと言う者もいたが、耳を貸さなかった。

胡人の血を示す赤毛と金色の眼を持つうえ、親なし子の雷鬼は、村人に馬鹿にされていた。軽侮の目ばかりを浴びる日々に、我慢ができなくなりかけていたのだ。

劉道士は詐欺師や人買いではなかった。本物の——それも相当に高位の道士だった。雨乞いや、病の治療や、作物を荒らす害獣退治など、さまざまな術を使って人々を助けていたし、髪も髭《ひげ》も真っ白な老人でありながら弓や棒術がきわめて巧みで、雷鬼にもさまざまな技を教えてくれた。

衣食が充分に与えられるだけでなく、物を学ばせてもらえるうえ、役に立てば褒められる。雷鬼は生まれて初めての幸福を味わい、老道士に深い尊敬を抱くようになった。

やがて旅は終わり、山中の庵にたどり着いた。そこで留守を守っていたのが、雷鬼より五つ年上の兄弟子、玉韓越だった。

田舎育ちの雷鬼と違って、韓越は大都市の役人の家に生まれたという。親に愛され、衣食に不自由なく、勉学も好きなだけできる恵まれた環境にありながら、道を究めたくて弟子入りを志願したと聞き、雷鬼は韓越を尊敬した。他に生きる道がなくて道士についてきた自分とは違う。韓越は恵まれた環境を己の意志で振り捨てたのだ。

韓越は雷鬼を、実の弟のように可愛がってくれた。雷鬼が失敗するたび、『お前はどんくさいなあ』、『こんなことも知らないのか』と呆《あき》れつつ、手助けしてくれた。

武技を教わったり、滝行や瞑想の修行を積んだり、韓越と二人で大鍋《おおなべ》の薬草を三日三晩煮詰めたり、時には三人で旅に出たりもした。

しかし穏やかな暮らしは、いつまでも続きはしなかった。

雷鬼が十五歳の時だった。韓越が庵から値打ち物をさらって逃げたのだ。

しかも雷鬼は騙されて、知らないうちに手助けをさせられていた。

弁舌巧みな韓越に乗せられ、老師に秘伝書の在処を尋ねた。さらに韓越の、『先生の誕生日を祝う支度をこっそり整えて、驚かせよう』という言葉を信じ込み、老師を庵から連れ出して、韓越一人に留守番をさせたのだ。

雷鬼と老道士が戻ると、庵は荒らされ、砂金や秘伝書、術具がなくなっていた。

けれど、その時でさえ雷鬼はまだ、『これは芝居だ。すぐに韓越が現れて、種明かしをするに違いない』と思っていた。昨日まではいつもと変わらぬ様子で、水汲《みずく》みを忘れるなと注意してきた韓越が、こんな真似をするとは信じられなかったし、理由がわからなかった。

だが老師には、何もかもわかっていたらしい。

裏切り行為だと理解して怒り狂い、追跡しようとする雷鬼を、老師は止めた。

韓越が奪った秘伝書には封印が施してあり、読もうとすればその場で白紙に変わってしまう。だから韓越の行為にはなんの意味もないし、自分で自分の未来を閉じたという後悔が、彼の受ける罰となる。それで充分だから、雷鬼が追う意味はない——そう、老師は諭した。

けれどどうしても許せなかった。

老師に黙って、雷鬼は韓越を追った。

追ってくるとは思っていなかったのか、韓越は痕跡を隠していなかった。すぐに見つけて戦いを挑んだが、結果は雷鬼の惨敗だった。

韓越の嘲笑は今も耳の底に残っている。

『なぜ裏切っただと？　馬鹿が……あんな辛気くさい暮らし、誰が本気でしたいものか。ずっと機会を狙っていたんだ。頑固なクソ爺《じじい》も、どんくさい愚図のお前も、大嫌いだった。いざという時の道具に使おうと思って、手なずけていただけだ‼』

もう少し韓越の体力が残っていれば、命を絶たれていただろう。

韓越は、自分の足を捕らえた深い泥沼のようなものだ。見つけ出して倒すまで、自分は何もできず、どこへも行けない。身動きが取れない。繰り返す日々に彩りはなく、光もない。

ずっとそうやって生きていくのだと思っていた。

けれど、彩りがないはずの暮らしは、莉羽と会っていつのまにか変化していた。火傷を気味悪がらず、山家暮らしに不平を漏らすこともなく、素直で真面目で、一緒にいて心地よかった。

その心地よさを自覚した原因が、莉羽の嘘だとはなんという皮肉か。

（俺の周囲に張った結界は、外からの侵入は阻む。だが莉羽は自由に結界の外へ出られる。何かの拍子に結界の外へ出て、あの冬波という男と知り合ったのでは……そうだ。そういうことがあったから、昨日も自分から結界の外へ出たんじゃないのか？　だが冬波には会えず、猟師たちに襲われたのだとしたら……）

のかもしれない。

辻褄《つじつま》が合う。昨日、冬波に会って話ができたから、今日はもう都へ行く必要がなくなった
(本当の名を隠していたんだ。莉羽が他にどんな嘘をついていても不思議は……)

そこまで考えた時、空を切る羽音を耳に留め、本能的に雷鬼は雲の上に伏せた。大きな鷲が雲の端をかすめるようにして飛び去っていく。山羊《やぎ》か何か、大きな獲物を鉤爪《かぎづめ》につかまえていたため、雷鬼の乗る雲をよけ損ねたのだろう。

(……だめだ。余計なことを考えている場合じゃない)

雷鬼は頭を切り換えようとした。

仇の韓越を捜すため、今日は王宮の調査に入る予定だった。

王宮という、ただでさえ警備の厳しい場所だ。たとえ韓越がいなくても、王宮お抱えの術士が結界を張っている可能性は高い。まして本当に韓越が王宮にひそんでいるのなら、注意力散漫な状態で近づけば、気づかれて返り討ちにされてしまう。

(そもそも莉羽があの男を好きでもなんでも、俺が止める筋合いはないじゃないか。それより韓越の居所を突き止めて、倒すための策を立てなければ……)

気を引き締め、雷鬼は雲に乗って空を飛んだ。

しかしその日の午後、雷鬼は左腕に傷を負い、肩を落として庵に戻ってきた。

深手ではない。肘の上の肉を浅く裂かれただけで動きに支障はないし、血止めを施して上着を着込めば、外から見てもわからない程度だ。

傷そのものより、落胆が大きかった。

(通じなかった……もっと下準備が必要なのか)

王宮には結界が二重三重に張りめぐらされていた。

王宮所属の道士の仕業かもしれないが、韓越のような気がする。同じ題材を絵にしても、描き手の特徴が出るのと同じように、術にはそれぞれの癖が出る。結界の端々に韓越の特徴が見えるのだ。

一つ目と二つ目の結界は破ったが、三つ目に手間取る間に、警備兵に見つかった。煙幕を使って逃げたが、突きかかってくる矛をよけきれず、腕を負傷した。

(結界の張り方と同じく、破り方にも個々の特徴が出る。だとしたら韓越は、俺の仕業だと気づいただろうか。警備の兵士を結界に巻き込んで、痕跡をくらましたが……なんにせよ、今のような準備ではだめだ。薬も爆薬も武器も、もっとたくさん用意しなければ)

俺のそばまで戻ると、黒耀が前庭で昼寝をしているのが見えた。何も問題は起きていないようだと思い、ほっとした。莉羽の姿は見えないが、裏から水音が聞こえる。洗い物でもしているのかもしれない。

「莉羽、今戻った」

声をかけつつ、大股に歩いて庵の裏へと踏み込み――雷鬼は息を呑んだ。

地面に片膝をつき、莉羽が水浴びをしていた。手拭いで腰回りを覆ってはいるが、濡れた薄布は下腹を隠す役には立たない。黒い翳《かげ》りが半分透けていた。

「……っ……」

視線が莉羽に吸い寄せられて、離れなかった。

無駄な肉はない。かといって瘦《や》せすぎて貧相でもない。若木に似た、しなやかで繊細な印象を与える体だ。白くなめらかな肌が水滴をはじくさまは、真珠か白玉を思わせ、清らかで美しい。――その姿に、男たちに嬲られていた、扇情的な莉羽が重なる。

意志とは無関係に熱を帯びる自分自身に、雷鬼はうろたえた。

だがそれは、長いようでもほんの一瞬の出来事だ。声に振り向いて腰を浮かせた莉羽が、大きく目をみはった。

「あっ……‼」

莉羽が慌てふためいた様子で立ち上がり、雷鬼に背を向ける。そばに置いてあった麻の衣をつかみ、羽織った。明らかに、自分の体を隠そうとする動きだった。

「どうした、莉羽。俺だ。旅人が迷い込んだとでも思ったか」

「す、すみません……不意だったので、驚いて」

「庵の周囲一里には、結界が張ってあると言っているだろう。他人がもぐり込むことはできない。ここでは安心して、気を平らかにしていろ」

そう言ったが、莉羽はこちらを向かない。背を向けたままだ。耳と首筋が真っ赤になっているのがわかった。ついこの前まで、一緒に水を浴びたり、互いの体を拭いたりしていたのに、なぜ突然自分の視線を避けるのだろうか。

雷鬼の心中に、忸怩《じくじ》たる思いが芽生えた。

(……見抜かれたのか?)

ついさっき、自分は莉羽の裸身を見て、昂りを覚えた。

勃ったわけではない。服越しに見ても変化はなかったはずだ。けれど確かに体が熱を帯びた。そのことを自分の表情か何かが、莉羽に教えたのかもしれない。だとしたら今まで何度も男に暴行を受けた莉羽が、不快や嫌悪を覚えて背を向けても当然だ。

ついさっき口に出した『安心しろ』という己の言葉が、ひどく空々しい。居たたまれない気分になり、雷鬼はくるりときびすを返し、とっさに思いついた口実を喋った。

「荷物を置きに来ただけだ。これから夜光茸《やこうだけ》を採りに行ってくる。俺は今夜は戻らないが、黒耀を残していく。一緒に留守をしていてくれ」

返事を聞かずに、そのまま庵の表へと戻った。莉羽の表情を確かめる勇気はなかった。寝ていた黒耀が頭を起こし、何かあったかと訝《いぶか》しむ目つきで雷鬼を見上げてきたが、構ってやる心の余裕がない。「莉羽を守ってくれ。朝には帰る」と言い、頭を撫でて、雷鬼は一抱えほどの雲を作り、それに乗って宙に浮かび上がった。

何気なく下に視線をやると、衣服を整えた莉羽が裏庭から表へ出てきて、自分を見上げているのが視界に映った。

「……っ……」

声をかけられない。顔をそむけ、雷鬼は莉羽の視線から逃れるように雲の速度を上げて、夕空を飛んだ。

(俺はいったい、どうしてしまったんだ)

莉羽はあくまで単なる養い子であり、弟子だったはずだ。可愛らしいと思い、素直な気性に心をなごませてもらったが、師弟間の情を越えた感覚はなかったはずだ。なんといっても男同士なのである。

それなのに、莉羽の裸身を見て、心が揺さぶられた。美しいと感じるのと同時に、体の奥に熱い昂りが芽生えた。

(……俺は、人でなしだ)

忘れねばならないと思いながら、意識に焼きついた光景がある。

ほんの二日前に見た、全裸に剝かれていたぶられていた莉羽の姿だ。桜色にほてった肌は、油のような液体でぬめぬめと扇情的に光っていた。頰を濡らす涙は苦痛や屈辱のためだったのか、それとも他の理由――快感ゆえか。嬲られて吐精したという言葉通り、肉茎や胸から腹にかけて白濁が付着していた。

（莉羽を汚そうとしていた連中……俺は、あの連中に嫉妬した）

白くなめらかな肌に薄汚れた爪を食い込ませ、艶やかな髪を鷲づかみにしていた男たちを憎んだ。秘すべき場所に触れたことが許せなかった。自分が知らない、莉羽が達する時の表情を見ただけでも、万死に値する罪だと感じた。

しかも湧き上がったのは嫉妬心だけではなかった。

最初は、間に合わずに莉羽が汚されたと勘違いした。その時、雷鬼の胸の中では、傷ついたであろう莉羽を気遣う思いと一緒に、どす黒い感情が渦巻いた。あんな連中に莉羽を渡してしまうくらいなら、無理矢理にでも手に入れておけばよかったと思った。

もちろんその気持ちはすぐにねじ伏せ、一瞬の錯覚だと己に言い聞かせた。怒りが激しすぎて、そんなふうに感じたのだと思いたかった。

だが今回も昂ってしまった以上、錯覚ではすまされない。

（……そうか。襲われている莉羽を見た時じゃない。その前からだ）

子鳳と争って危うくなった時、莉羽は間に飛び込んできて、自分をかばってくれた。ほっそりした体なのに、しがみついてきた腕の力は驚くほど強く、莉羽がそれだけ必死だということを伝えてきた。

それ以前にも莉羽を抱きしめたことは、何度もある。

出会った最初の日にも、怖い夢を見たと言う莉羽を胸に抱いた。人のぬくもりを抱きしめることで、自分も落ち着いた。莉羽が成長するとともに、胸に抱くことはなくなったが、感触は自分の五感に染みついている。

手に触れた肩甲骨の形や、とくとくと速かった鼓動や不安げな息遣い、あるいは莉羽の髪から立ちのぼったほのかな甘い香り。髪などは自分も莉羽も、普段は水で洗い、時折、木の皮を叩いて作ったとろみのある液体で、汚れを落とすだけだ。それなのに莉羽の髪からはなぜか、杏《あんず》の花を思わせるほの甘い香りが漂ってきた。

体質なのか、いくら鍛えても男性的な逞しさが得られないと莉羽が嘆く体は、細くてしなやかで、自分の胸にすっぽりとおさまり、抱き心地がいい。

莉羽は、韓越への復讐《ふくしゅう》に心を囚われてきた灰色の日々の中へ迷い込んできた、色鮮やかな小鳥のようなものだ。愛らしい、守ってやりたいと思ううち、莉羽に対する気持ちは単なる庇護《ひご》欲以上の感情へと変質したらしい。

だが己の本心を告げることは、できなかった。

(莉羽は、自分が男の歪んだ欲望を引き出すのではないかと、気にしていた)

それなのに師である自分が、莉羽に対して邪《よこしま》な気持ちを持っているとなれば、深く絶望するに違いない。父か兄のように思って慕っていると莉羽は言ったし、自分は、『そう思って頼られているなら嬉しい』と答えた。

莉羽の気持ちを傷つけるような真似はできない。

(俺は何を嫉妬しているんだ。こんな醜い顔で、負けた恥を雪《そそ》ぐこともできないままの、中途半端な身の上だ。……莉羽には、あの男の方がはるかに似合う。莉羽が冬波のもとへ行きたいのなら、そうさせるべきだ。俺に莉羽を縛る資格はない)

冬波は容姿端麗だし、王宮の重臣だから金も権力も持っているだろう。嫉妬深い正妻の追っ手を恐れる莉羽を、匿うことぐらい造作もないはずだ。

それに自分は韓越との戦いを控え、ことによっては命を落とすかもしれない。一緒にいては、かえって危険だ。どこでもいいから好きな場所へ行けと言うべきだ――嫉妬心を抑え、雷鬼は自分自身に言い聞かせた。

一方、庵に残った莉羽も、途方に暮れていた。

(先生、気を悪くなさっただろうか……)

水浴びをしていた時、不意に雷鬼が現れ、うろたえた自分は必死に肌を隠した。

自分の体を雷鬼に見られるのが恥ずかしかったからだ。いくら鍛えても、筋肉がつかず男らしくなれない貧弱な体――そして先日は、男たちに嬲られて浅ましく反応していた体だ。

足手まといになってばかりで、雷鬼はいやになりはしなかっただろうか。

（……いいや、先生はそんな方じゃない。十年前には、最初から足手まといとわかっていた孤児の私を、拾ってくださったんだ。ぶっきらぼうだけれど、いつも優しい）

疑う気持ちが湧くのは、自分に負い目が多すぎるせいだ。

それにさっきの雷鬼は、いつもと比べて素っ気なかった気がする。もともと口数は少ない方だが、雰囲気が違った。戻ったばかりなのに、『夜光茸を採りに行く』と言い、すぐに立ち去った。

（もしかして先生は、気を悪くなさったんじゃ……）

今まで、何度も一緒に水浴びをしたり体を拭いたりしていたのに、さっきの自分は急に肌を隠した。恥ずかしかったせいだが、あとで思えば、まるで雷鬼に邪な心があるかのような扱いだった。

（配慮の足りないことをしてしまった。先生がお帰りになったら、お詫びしなければ）

莉羽は夕食の準備にかかった。夜光茸を採りに行った雷鬼の帰りは、深夜か、ひょっとしたら夜明け方になるだろう。ゆっくり体を休めてもらえるよう、胃に優しい食事を用意し、足を洗う湯をすぐ沸かせるようにしておこう。

（少しでも……どんな些細なことでもいいから、先生の役に立ちたい）

そういう気持ちでいたから、夜が更けて戻ってきた雷鬼に、庵を出てはどうかと言われて莉羽はひどく狼狽した。

「ど、どうして……どうして、そんなふうにおっしゃるんですか?」

「……俺と一緒にいると、お前にも危険が及ぶかもしれない。それにお前は、そろそろ山暮らしがいやになってきたんじゃないのか? 昨日は珍しく、都へ行きたいと言ったし……」

言葉の前半は自分を気遣っての、雷鬼らしい内容ともいえるが、後半はまったく身に覚えがない。昨日都についていきたいと言ったのは、雷鬼と離れるのが心細かったためだ。都会の方が、いやな記憶を刺激して恐ろしい思いをすると知ったので、今日は一人で留守番をしていた。

「そんなつもりはありません! 私はずっとこの暮らしが続くのを願っているんです!」

「続かないかもしれない。だからお前は都へ行った方が……あの、冬波という男が面倒を見てくれるだろう?」

「あの人は、たまたま通りかかって助けてくださっただけです」

反論しかけて、気がついた。本当の理由は別にあるのかもしれない。声が震えた。

「先生がそうおっしゃる本当の理由は……私が、足手まといだからですか? 術も使えないし武技もできなくて、なんの役にも立たないから……」

「それは違う。お前を足手まといだなどと思ったことはない」

「でも私は、いつもいつも……!!」

過去の記憶が甦る。自分自身が情けなくて涙がにじみ、声がうわずった。

（だめだ。泣いたら先生を困らせる。十八にもなって、こんなことで泣くなんて……）

そう自分を戒め、必死に嗚咽《おえつ》をこらえたけれど、隠しきれてはいないらしい。

「な、泣くな、莉羽。何も出ていけと言っているんじゃない。お前がそうしたいのならと思って、俺は……」

雷鬼がうろたえ、なだめるように莉羽の肩を軽く叩く。

部屋の隅にいた黒耀がのっそりと起き上がって、雷鬼と莉羽それぞれに頭をこすりつけた。落ち着けと言っているかのようだった。

結局、この話は曖昧《あいまい》なまま立ち消えになった。

3

それから数日間、雷鬼は庵にこもりきりだった。鉱石をすりつぶし、草や茸《きのこ》を煎じて仙丹を作るのだという。毒を含む原料を使っているという理由で、莉羽には手伝わせてくれなかった。時には食事も摂《と》らず、徹夜で作業を続けた。

（どうしたんだろう。都の近くへ庵を移したのは、韓越を捜すためだったはずなのに。それになぜいきなり、仙丹作りなんだ？）

一度雷鬼から、『また街へ行きたくはないのか』と尋ねられたこともあったが、都になど行きたくないし、行く理由もない。それより雷鬼のやつれ具合が心配だった。

疲れているようだから休んでほしいと訴えても、雷鬼は無言で莉羽に背を向け、奥の部屋へこもってしまった。自分を避けるために仙丹作りに没頭しているようにも思えて、それ以上は何も言えなくなった。

その薬が完成したのは、七日後だった。

「……不死の薬ですって？」

説明を聞いた莉羽は、白い皿に載った丸薬をまじまじと見つめた。三つの丸薬は小豆《あずき》粒ほどの大きさで、艶のない灰色をしていた。一見したところ、ありきたりな解熱や腹下しの薬と変わったところはないように見える。

しかし雷鬼の表情は真剣だ。気配が伝わるのか、黒耀は雷鬼のそばに前足を揃えて座り、動かない。

「不死といっても、無限に効能が続くわけではない。そんなものを作るだけの才は、俺にはないからな。半年だけだが、その間は刺されても斬られても傷つかない」

「これを……」

この薬を飲んで、韓越という男と戦うつもりだろうか。しかしその問いを口に出すことはできず、莉羽はうつむいた。雷鬼の声が聞こえた。

「心配するな。お前と黒耀の分も作った」

「あ……いえ、そういう意味ではなくて……」

「最近お前は危険な目にばかり遭っている。黒耀も俺についていると、戦わねばならない機会が増える。しばらくの間だけでも、怪我を負わないようにしておく方がいいだろう。本当は試すためにもう一粒ぐらい作りたかったが、原料が足りなかった」

「これを飲めば、すぐ不死になるんですか？」

「そうだ。……黒耀」

名を呼ばれて主人を見た愛犬に、雷鬼は丸薬を一粒取って差し出した。ためらいなく舌を伸ばして、黒耀はその薬を口に入れた。

だが呼吸五つ分の時間もたたないうちに、黒耀は落ち着かない様子で立ち上がり、室内をうろうろと歩き回り始めた。舌を長くだらりと垂らし、呼吸が荒い。

「先生！　黒耀が……」

莉羽はうろたえ、椅子から腰を浮かせた。雷鬼は動かず、黒耀の様子を注視し続けている。厳しい横顔に、莉羽は口をつぐんだ。黒耀の喉がひゅうひゅうと、耳障りな音をたてる。そして突然、血の塊を吐き出して倒れた。

「そんなっ……‼」

莉羽は愕然として、倒れた黒耀に駆け寄った。大きな体は床に転がり、四肢が激しく痙攣《けいれん》している。抱き起こして揺さぶったが、黒耀は何も答えてくれない。痙攣が徐々に弱まり、体が力を失った。首がだらりと垂れる。

「こ、黒耀っ……嘘……」

いつものように頬を舐めることも、額を擦りつけてくることもない。呼吸も胸の鼓動も止まっている。――死んでしまった。

「先生！　黒耀が……黒耀っ‼」

「うろたえるな。不老不死を得るための仙丹だ。体の造りを大きく変える以上、吐血ぐらいは当たり前だ。床に寝かせて、もう少し待ってみろ」

一見冷たい言葉のように聞こえるが、卓の端をつかんだ雷鬼の手が小刻みに震えているのに気づき、莉羽は言葉を呑み込んだ。雷鬼の言葉に望みをかけ、黒耀を床に下ろして待った。

けれど黒耀が息を吹き返す気配はなかった。大きな体は力なく転がったままだ。

途方に暮れて、莉羽は雷鬼の方を振り返った。

「先、生……」

「……違う。間違ってなどいない」

雷鬼が、食いしばった歯の間から声を押し出した。手の震えはますます強い。莉羽に抱かれた黒耀を見ることもしなかった。雷鬼の視線は、卓の上の丸薬に注がれていた。

「作り方は正しかったはずだ。俺が持つ知識のすべてを注ぎ込んで作り上げた。あれで死ぬことなど、ありえない。……いや、たとえ間違っていたとしても、黒耀を死なせておきながら、自分だけは飲むのをやめるなど、そんなことは……」

独り言のように呟き続ける。その声音に狂気じみたものを感じ、莉羽は黒耀の体を床に下ろして立ち上がった。不安が募る。

「先生」

「……今更！」

叫ぶような口調で言い、雷鬼は丸薬を一粒取って口に放り込んだ。水もなしに飲み下す。制止する間もなかった。

「先生っ‼」

駆け寄った莉羽の目の前で、雷鬼は椅子から転がり落ちた。喉を押さえて激しく咳《せ》き込《こ》む。黒耀と同じように大量の血を吐き、四肢を痙攣させた。

「先生っ！　しっかりしてください、先生！」

莉羽は駆け寄って雷鬼を抱え起こした。頭を膝に載せ、必死に呼びかけるのが精一杯だ。咳と一緒にあふれ出す血で、莉羽の袴が赤く染まった。

「いやです、嘘でしょう⁉　こんなのって……先生！」

「莉……」

言いかけてもう一度、血の塊を吐き出し、雷鬼はがくりと首を折った。胸に手を当てたが、鼓動は伝わってこない。心臓が動いていない。

「先、生……先生っ！　返事をしてください、先生‼」

肩をつかみ、夢中で揺さぶった。しかし雷鬼が答えることはない。抱き起こした手から力が抜け、雷鬼の体が床へすべり落ちる。

「そん、な……」

どうしていいかわからなかった。

不死を得るはずの丸薬なのに、雷鬼も黒耀も死んでしまったというのだろうか。最初に黒耀が血を吐いた時、雷鬼が言ったように、身体が変化するのに時間がかかっているだけではないのか。すぐ起き上がってくれるのではないか。そう期待しようとした。

しかしいっこうに、雷鬼と黒耀が息を吹き返す気配はなかった。彼らの体は冷えていくばかりだ。

（だめ、なのか……？）

諦めて莉羽は雷鬼の頭を膝から下ろし、立ち上がった。脚がしびれて、よろめいた。卓に手をついて体を支えると、小皿に一つだけ残った仙丹が目についた。

雷鬼も黒耀も死んだ。不死を得るはずの仙丹は、失敗作だったのだ。これを飲めば、自分もおそらく死んでしまう。

(でも、独りぼっちで生き残ったって……)

雷鬼と黒耀のいない暮らしは想像できない。それがいやで、自分は都の近くに居を移すという雷鬼についてきたのだ。

最後に残った丸薬をつまみ上げ、莉羽は口に運ぼうとした。

しかしその時、庵の外から鴉の声が聞こえてきた。

莉羽の手から丸薬が落ちた。処刑されたあと、鴉についばみ食い荒らされた両親と兄の死にざまが、脳裏をよぎる。

(いや、だ)

雷鬼や黒耀が、あんなふうになるのは絶対にいやだ。

(弔わなければ……先生と黒耀を、棺に収めて、穴を掘って……)

鳥や獣が決して手を出せないよう、地中深くに棺を隠してしまわなければならない。それをすませるまで、自分は死ねない。

莉羽は立ち上がり、部屋の隅にある櫃《ひつ》の前へと急いだ。何かの時のためにと、多少は金を蓄えてある。棺の値段がどのくらいなのか、莉羽にはわからない。櫃に入っていた砂金を袋ごと懐へ入れた。

莉羽はよろめくような足取りで庵を出た。

――だが。

草に覆われた杣道《そまみち》を通って、自分が結界の外へ出た瞬間、庵の中で起こったことを莉羽が知ったら、驚きのあまり言葉を失ったに違いない。

呼吸も心臓の拍動も止まり、完全に死んだとしか見えなかった雷鬼が、ゆっくりと起き上がったのだ。懐からさっき飲んだのとは別の白い丸薬を取り出し、飲み下した。途端に血色が戻り、動きもなめらかになる。

同じ丸薬を黒耀にも与えて息を吹き返させたあと、閉ざされた庵の扉を見やって、雷鬼は寂しげに呟いた。

「やはり、一緒に来てはくれなかったか」

数日前に問いかけた時、莉羽はこの暮らしを続けたいと答えた。いったんは安心したけれど、時間がたつほどに雷鬼の心には疑いがふくれ上がった。

莉羽は義理堅い。山賊から救われ、これまで養われたことを恩に着ているかもしれない。だとすると山家暮らしに飽きていても、『ここを去って冬波のもとへ行く』とは言わないだろう。さらに莉羽は、雷鬼が顔の火傷に劣等感を抱いていることを知っている。

雷鬼が水を向けたからといって、はいわかりましたと立ち去るわけにはいかない。雷鬼の心を傷つける――そんなふうに考えて、莉羽は山を下りるとは言わなかったのではないか。

そう考え、大芝居を打つことにした。

自分と黒耀が死んだなら、莉羽は素直に、自分自身の感情に従って行動できる。嘘のない、本当の莉羽の心がわかる。

その結果、莉羽は有り金をさらって逃げ出していった。

あれが本心だったのだ。

「……元に戻るだけだ。そうだな、黒耀？　もともと俺とお前だけだったんだから」

呟いて雷鬼は黒耀の顎を撫でた。


その頃、莉羽は息を切らして山道を走っていた。一人で山を下りたのは初めてだった。いつも雷鬼に守られていたことを、ひしひしと感じる。今は雷鬼も黒耀もいない。

（とにかく、棺を……）

都は周囲を高い城壁で守られており、門で通行証を見せなければ中には入れない。

その煩雑さや、都の法律の厳しさ、税の高さを嫌って、城壁の外には、一儲《ひともう》けを企《たくら》む悪質な商人や、都を追放された不良民、その懐を当て込んだ娼婦《しょうふ》などが集まり、小さな街が自然にできることが多かった。当然風紀は悪いが、自由で官憲の目が届きにくいため、時間帯によっては都よりも賑わっている。

莉羽がたどり着いたのは、その街だった。

すでに息は上がり、足が痛くて走れない。だが棺はどこに売っているのだろう。誰かに訊くしかない。道脇で、麻靴や草鞋を台に並べて売っている中年女が、人のよさそうな感じに見えたので、そばへ行って尋ねてみた。

「あの……棺を売っているところを、知りませんか?」

「棺? 誰か死んだのかい?」

「は、はい。早く埋葬しないと……どこへ行けば、手に入りますか? すぐにも持って帰りたいんです」

「そりゃ無理だよ。普通は注文を受けてから作るもんだ。都の中の、よほど大きな店なら置いてあるかもしれないけどさ。それにあんた、家はどこか知らないけど、自分で担いで帰るつもりかい? 女の細腕じゃ無理だろう」

莉羽は言葉に詰まった。王子の素性をごまかすための、女物の衣装のまま飛び出してきた。そのため性別を間違われているらしい。それを抜きにしても、物売り女の指摘は正しい。雷鬼の体が収まる大きさの棺を、自分で担いでは帰れない。かといって人を雇って運んでもらうわけにもいかないのだ。

途方に暮れて黙り込んだ時、肩を叩かれた。びくっとして振り返ると、人相の悪い男たちが半円を描いて莉羽を取り囲んでいた。

「この辺じゃ見ない顔だな、別嬪さん。聞こえてたぜ。棺がほしいんだって?」

「連れていってやろうか？　売ってる店を知ってるからよ」

「なんなら運ぶのも手伝ってやる。金のことなら心配ないぜ。あんたみたいな別嬪なら、ただでも構わねえ」

男たちの言葉を鵜呑《うの》みにするほど、莉羽も甘くはない。今までの経験で、男たちの顔に浮かんだにやにや笑いが何を意味するかぐらい、わかっていた。物売り女に視線を向けたが、面倒ごとの巻き添えはごめんだというのか、さっきまでの親身な表情を綺麗に消し去り、莉羽を見ようともしない。彼女の立場からすれば、それが当然だ。

真っ昼間の大通りで、明らかにからまれているというのに、誰一人助けようという者はいない。にやにやして高みの見物を決め込むか、物売り女のように知らん顔をするかだった。

自分でなんとかする他はない。莉羽はできる限り厳しい口調と表情で言った。

「必要ない。放っておいてくれ」

「そう言うなって。葬式となりゃ人手が必要だろう。手伝ってやるからよ」

「こっちでゆっくり話そうぜ。ほら、来い」

男の一人が莉羽に向かって手を伸ばす。

その手を振り払い、莉羽は、左手首にはめていた腕輪の飾り石を、強く押さえた。

火山が爆発した時のような凄まじい白煙と、目がちかちかして鼻の奥が痛くなるような刺激臭が、四方八方にあふれ出した。雷鬼が作ってくれた護身用術具の一つだ。

「うわあぁっ、目が……くそっ、何をしたんだ！」

「どこだ、どこへ行った⁉」

腕輪をはめている莉羽に対してだけは、煙も刺激臭も効果がない。元来た方向へと駆け出した。しかし、

「畜生、どこだっ⁉」

「うわっ！」

「おっ、いたな！　逃がすか、このアマ！」

誰かが伸ばした手が、偶然莉羽に当たった。袖をつかまれた。見えていなくても、声で莉羽だとわかったのだろう。固く閉じたまぶたの間から痛そうに涙を流しながらも、男は莉羽の袖をつかんで離さない。

このままではまずい。煙の効果が切れれば、つかまってしまう。

「離せ！　離せったら……手を離せ！」

男の指を袖から引き剝がそうとしたが、離れない。莉羽は帯びていた短剣を引き抜き、男の手の甲を突いた。

「ぎゃっ！」

さすがにこれは効いた。男が悲鳴をあげ、手を離す。しかし強く振ったその腕が当たり、莉羽は短剣を取り落とした。

(しまった……‼)

ただの短剣ではない。あれは生まれた時から肌身離さず持っている守り刀だ。柄の部分には紋章が刻まれている。人に見られては身の破滅と知りつつも、両親と兄と自分をつなぐ唯一の形見だと思うと、手放せなかった。

拾って取り戻したいが、短剣が落ちた場所のすぐそばに、男の一人が這いつくばって呻いていた。近づけば、またつかまるかもしれない。

「……くっ！」

短剣は諦めよう。それより、煙の効果が薄れないうちに早く逃げよう。そう決めて、莉羽は駆け出した。この街を出て山中に入り、庵まで逃げ帰れば、雷鬼の張った結界がある。

(先生……先生！　助けてください、先生‼)

すでに雷鬼は息絶えているというのに、心が求めている。雷鬼の面影にすがる思いで、莉羽は走り続けた。

あとで思えば、道に迷わず無事に帰り着けたのが不思議だった。

棺は手に入らなかった。それに考えてみれば、自分に深く大きな墓穴を掘る体力があるかどうかも疑わしい。それならいっそ、庵に油を撒《ま》いて火をかけ、息絶えた雷鬼と黒耀のそばに横たわろう。そうすれば体は燃えつき、鴉の餌食にはされずにすむだろう。先に、この方法を思いつけばよかったのだ。

足を引きずり引きずり、莉羽は庵へと帰り着いた。雷鬼と黒耀の体は、奥の間に寝かせてある。

（先生、黒耀……私も、すぐにおそばへ行きますから……）

心の中でそう繰り返しながら戸を開けて――莉羽は息を呑んだ。

部屋は空っぽだった。

「先、生……？」

当惑のあまり、声がかすれる。

いない。息絶えたはずの雷鬼も、黒耀も見当たらない。自分は確かに庵の中、いつも雷鬼が寝ていた場所に遺体を横たえ、そばに黒耀を寝かせてから、山を下りた。

あれは夢だったのだろうか。もしそうなら、どんなにいいだろう。

「先生、どこです⁉　先生！　返事をしてください……‼」

必死に名を呼び、広くもない庵の中を探し回った。櫃や竈《かまど》、水瓶の中まで覗き込む。だが雷鬼も黒耀もいない。

「先生……」

途方に暮れて、もう一度周囲を見回した時だった。さっきは気づかなかった、小卓の上の書簡が莉羽の目に留まった。新しい墨の色に胸を突かれ、震える手で開いた。『莉羽へ』という書き出しで始まる文章は、紛れもなく雷鬼の手跡だ。

読み進むうちに、頭の芯《しん》が冷たくなり、手が震え出した。

あの丸薬は、不老不死を得るためのものではなかった。かといって失敗作でもなかった。飲めば一時的に仮死状態となるもの——莉羽の覚悟を試すためのものだったのだ。

雷鬼は、莉羽が山暮らしに飽きて、街に下りたがっているのではないかと、疑っていたらしい。追っ手を恐れてずっと山中に身を隠していた莉羽が、ある日突然、雷鬼の外出についていきたいと言ったことや、索冬波と話している時の様子から、そう考えたようだ。莉羽が言った『莉羽は通称で、冬波に教えた名前が本当』という言葉が、一層雷鬼の疑いを強めた。ずっと一緒だった自分にも隠していたことを告げるくらいだから、莉羽と冬波の結びつきは自分とのものより強いのだろうと推測していた。

しかし莉羽は雷鬼に十年間養われている。その恩を感じているため、正直に冬波のもとへ行きたいと言えず、いやいやながら山中の庵に留《とど》まっているのではないか。その疑念が、雷鬼の心から消えなかった。

だから雷鬼は、丸薬を使って試したのだ。

莉羽が口にした『ずっとこの暮らしを続けたい』という言葉が本当なら、息絶えた雷鬼のあとを追う覚悟で、あの丸薬を飲むだろう。しかし、あれが嘘なら——。

そう考えていた雷鬼の目の前で、莉羽は丸薬を飲むどころか、有り金を懐にねじ込んで庵を飛び出していった。

『今まで、一緒に暮らすことができてよかった。もうお前は何にも縛られる必要はないから、どこでも好きな場所で生きていくがいい。幸せに暮らすことを祈っている』

莉羽が義理に縛られていると信じ、解放すると告げる言葉で、書簡は終わっていた。

「違、う……違うんです、先生……」

あの時、一度は丸薬を飲もうとした。それを止めたのは、外から聞こえた鴉の声だ。雷鬼や黒耀が無惨に食い荒らされるのは、莉羽にとって耐えがたいことだった。金を手にして飛び出していったのは、弔うための棺を手に入れたかったからだ。

だがその行動が雷鬼には、有り金をさらって逃げたとしか映らなかったのに違いない。名前のことも、誤解だ。冬波に教えた方が偽名で、雷鬼に告げた『莉羽』が本名だ。逃亡中の元王子という素性を隠したくて、冬波に嘘をついたのだ。それなのに雷鬼が、その嘘を信じてしまった。

あの時こう言えばよかった、あのことを話しておけばよかったという後悔が、次から次へとあふれ出た。よく話し合えと忠告されていたにもかかわらず、結局は何もしなかった。

足の力が抜け、莉羽はその場にへたり込んだ。どうしていいかわからなかった。

茫然《ぼうぜん》自失したまま、どれほどの時間が過ぎただろうか。日暮れが近づいた頃、莉羽はふと思い出した。

（……そうだ！　あれを使えば……‼）

子鳳に渡された帯飾りがある。牡丹の花の彫刻は、雷鬼の居場所を示してくれるのだ。震える手で帯飾りを外し、牡丹の向きを確かめようとした。

しかしその時、大勢の足音が庵に近づいてくるのが聞こえた。

（嘘だ、だって結界が……あっ！）

結界を張っていたのは雷鬼だ。その雷鬼がいなくなり、結界も消滅したのかもしれない。逃げようと立ち上がったが、もう遅かった。開け放ったままだった戸口から、兵士たちが土足で踏み込んできた。

「奴だ、聞いた人相の通りだ！」

「王族の墓を荒らした重罪人だ、逃がすな‼」

――あとでわかったことだが、やはり紋章入りの短剣を落としたのがまずかった。

都の外とはいえ、治外法権ではない。莉羽が煙玉を使って大騒ぎになったため、警備兵が駆けつけてきた。うずくまって涙を流している男たちを捕縛したあとで、兵士の一人が落ちていた短剣に気づいた。なぜ王族の紋章入りの短剣がここにある、ということになり、目撃情報から莉羽が浮かび上がったものらしい。

墓を盗掘した犯人だと思っているのだろう。兵士たちのやり方には容赦がなかった。莉羽を床に突き倒して押さえつけ、腕をねじ上げる。

硬いものが割れる音が響いた。莉羽の眼に映ったのは砕けた白玉だった。兵士たちに飛びかかられた拍子に手から落ちた帯飾りが、踏まれて砕けてしまったのだ。

もう、雷鬼を捜すすべはない。

そう感じて力を失った莉羽の体に、縄が幾重にも巻きつき、締め上げた。

「よし、引っ立てろ‼」

喉にからんだ縄が締まって、息が苦しい。それ以上に、雷鬼に見放されたという絶望感と、ずっと隠し続けてきた素性がばれてしまうという恐怖で、身がすくむ。

(先生、先生……先、生……)

心の中で雷鬼を呼びながら、莉羽は意識を失った。

前王の第二王子が捕らわれたという噂は、たちまち王宮中を駆けめぐった。

当初は泥棒か墓の盗掘犯と思われたが、年老いた役人が囚人を見て、先の王妃に生き写しだと気づいたことから、事態は一変した。莉羽王子は厳重に捕縛され、今朝、王宮の地下牢《ちかろう》へ移されたという。

知らせを聞き、これで現政権は安泰と喜ぶ者もいれば、また宦官の盧範賛が勢力を伸ばすのかと苦々しい顔をする者もあった。

もっとも、範賛が握っている権力はすでに、誰も表立って逆らえないほどに大きくなっている。範賛の官職は、あくまで従三位の中常侍《ちゅうじょうじ》で、重職ではあるが決して最高位というわけではない。文官にも武官にもそれより上の官位を有する者はいる。索冬波も従三位の光禄大夫なので、表面的な官位は範賛と同列だ。

しかし誰も盧範賛には逆らえなかった。

（……なんとか王子を脱獄させて、こちらへ引き込みたいな。しかし『莉羽』か。『莉羽』ねえ。まさかとは思うが……いや、ありうる）

冬波の意識に浮かぶのは、いつか広場で倒れたのを助けた美形のことだ。

最初は莉花と名乗っていたが、あとで現れた覆面の大男が『莉羽』と呼んでいた。莉花が本名だとごまかしていたが、普通に考えて、どこの誰ともしれない相手に名乗った方が偽名だろう。あの時は、どこかで聞いたような名前だと思っただけで、逃亡中の元王子の名だとは気づかなかった。

（まあ、王子があの美形かどうかはともかく、会って話してみないことにはどうにもならない。さて、どうするか）

祖霊祭の手順決めという退屈な会議が終わったあとの酒宴で、冬波は、妓女を膝に載せて冗談を飛ばしつつ、頭の一隅で忙しく考えをめぐらせていた。

王宮の重職にありながら、冬波は反乱組織の白穂党に荷担していた。

冬波の父は、現国王が反乱を起こした時に片腕となって働き、新政権の重鎮となった。嫡男の自分はその七光で、若年のうちから結構な地位に就くことができた。しかし父は、王の政治方針が徐々に当初掲げていた理想から離れていくと言い、失望の色を濃くしていった。数年前に流行病で急死したのは、ある意味幸いだったかもしれない。父は優れた武将ではあったが、政治的な駆け引きには不向きだった。

(……あのままだと、いずれ父は反乱を試みた。そして失敗し、処刑されただろう。範賛のずる賢さに、単純だった父上が勝てるわけはない)

この国は今、範賛によって操られていた。

古来、宦官が為政者の心をつかんで政治に口出しするのは、珍しいことではない。しかし範賛の場合は、口出しどころではなかった。王は完全に傀儡と化している。

(王の目つきはおかしい。薬か、それとも何かの術にでもかけられているのか)

亡父の話では、反乱を起こしたばかりの頃の王は、理想に燃える意気軒昂《いきけんこう》な青年だったという。それが次第に酒池肉林の悦楽に溺《おぼ》れ、為政者としての理想を失っていった。比例して、政治権力は範賛の手に移った。王の口から出る言葉はどれもこれも範賛の受け売りであり、諫《いさ》める者は容赦なく処刑された。

秘密裡に範賛の追い落としを企《くわだ》てる者もいたが、次々と事故や病で命を落とした。範賛が手を回したのに違いない。

（奴を倒さない限り、事態は好転しない……が、うかつに動けば返り討ちに遭う。どうしたらいいだろう。暗殺できれば簡単だが、後宮には手を出せない）

人に知られれば投獄間違いなしのことを考えながらも、冬波はにやけた表情を作り、酒を運んでそばを通りかかった妓女の尻を撫でた。尻を触られた妓女が嬌声《きょうせい》をあげ、膝に載せていた女が、冬波を軽くつねる。

「あいたたた……痛いじゃないか」

「冬波様がいけないんですっ。見境がないんですから、もう」

「わかった、わかった、つねるな。ほら、一献」

他の重臣が、軽侮と嘲笑をまじえた視線を向けてくるのを感じつつ、冬波は妓女と酒を酌み交わして、戯れた。

自分はこうして、親の七光りで出世した馬鹿息子を装い、範賛ににらまれるのを免れている。どうしても我慢できず、王の掲げる政策に反対意見を述べたり、自分から献策することもある。しかし常に、『女好きの馬鹿が、格好をつけて政治に関わってみた』という様子を装っていた。無理押しはしなかった。でないと自分の身が危うくなる。

けれども事態は少しずつ悪化していく。

税の取り立ては年々苛酷になるが、それは後宮での享楽にばかり費やされ、治水や産業振興、外交政策などは棚上げにされたままだ。

もともと前王に失政があったわけではない。干魃のあとの水害、その後の流行病と災害が続いただけのことだ。誰が王であっても政局は行き詰まっただろう。その機を突いて反乱を起こされたのが、前王の不運だった。

範賛の政治が苛烈さを増すにつれ、前王の時代を懐かしむ声があがり始めている。

そんな時に、莉羽王子が捕らわれた。

罪状は、『白穂党を率いて反乱を企てた罪』となっているが、でたらめなのは冬波がよく知っている。王子を処刑する適当な口実が必要だったからだろう。

（嘘から出た真というか、王子が白穂党に荷担してくれれば、最高の旗印になる）

脱獄させて、自分の手元に引き寄せたい。そのためにも一度会って話をしたい。しかし王子は地下牢に収監され、範賛の許可がない限り誰も近づくことはできない。

（範賛に頼んだところで許可が出るわけはないし、なんとか隙を見て……そういえば明日の午後は、王が後宮の美人を並べて船遊びをするはずだ）

王宮の庭に造られた人工の池に竜頭の船を浮かべて酒宴を開く。この手の催しに、範賛が同行しないはずはない。つまりその時間なら範賛の目を盗んで牢へ行き、王子に会うことができるはずだ。牢を警備する兵士に金を握らせれば、なんとかなるだろう。

頭の中で考えをまとめつつ、冬波は酒を呷《あお》った。

翌日の午後、予定通りに冬波は地下牢へと足を運んだ。伝手をたぐって、昨日のうちに警備兵の買収をすませている。

地下牢の中でも特に警戒厳重な地下三階奥の独房が、王子の収監場所だという。

「……あまり長時間は無理ですよ。他に知れたら、私たちの首が飛びます」

「わかっているって。しかし王子は、絶世の美女と言われた先の王妃に生き写しというじゃないか。男として、見ておかないわけにはいかないだろう？」

普段から色好みとして名が通っているせいか、こんな口実でも信用される。相当金をばら撒いたあげく、会いたいという希望は叶《かな》えられた。

警備兵に連れられて、厳重に閉ざされた扉を開け、長く暗い通路を通り、階段を下りる。扉の手前にいる別の警備兵たちに賄賂の砂金を渡し、扉を開けてもらって、また通路を進む――さんざん歩いた末に、ようやく行き止まりの通路にたどり着いた。兵士二人が警護する奥に、頑丈そうな鉄の格子が見える。その向こうに人影が座っていた。

冬波たちが近づく気配に気づいたらしい。うつむいていた顔が上がった。

やはりそうだ。莉花と名乗っていた、莉羽だ。冬波に目を向け、大きく目をみはる。

「冬波殿！　どうしてあなたがここに……」

やはり人違いではない。広場で気を失ったのを助けて、口説いたが断られた莉羽だ。警備兵のいる前で、知り合いとはっきりわかる台詞を言われたのはまずい。範賛に聞こえたら、反乱の共謀者と疑われるだろう。痛くない腹を探られるのならともかく、痛い腹を探られては自分の命が危うい。

冬波は大袈裟《おおげさ》に驚いた表情を作ってみせた。

「いや、これは……なんということだ。あの時の美形がまさか、莉羽王子とは思わなかった。囚われた王子が絶世の美貌《びぼう》と謳《うた》われた先の王妃に生き写しと聞いて、是非とも一目会いたいものと思い、忍んできたのだが……」

「ああ……そうでしたか」

力なく微笑し、莉羽が再びうなだれる。

白いうなじの細さに哀れを誘われ、冬波はつい言葉を重ねた。

「一人で捕らわれたと聞いたが、あの時の連れはどうした。陶雷鬼とか名乗った大男がいただろう」

あの時、覆面のため顔は見えなかったが、慌てぶりと口調で、莉羽の身をどれほど案じているかははっきりわかった。莉羽もまた、雷鬼という男が来た瞬間、安堵の気配を全身ににじませ駆け寄っていった。色恋沙汰には奥手そうだから、本人たちは気づいていないのかもしれなかったが、冬波には一目でわかった。二人は両思いだ。

何かの機会で仲違いでもすれば儲けものだと思って、口説き言葉の一つだけは投げておいたが、期待はしていなかった。二人の結びつきはそれだけ強く見えたのだ。

それなのに、どうしたというのか。

「……っ……せ、先生は、来ては、くださら……」

莉羽が言葉に詰まり、うつむいた時だった。

ここにいるはずがない者の声が、冬波の背後から響いた。

「雷鬼だと？　その話、詳しく聞かせていただきたいものですな」

信じがたい思いで冬波は振り向いた。廬範賛は今、王の供をして船遊びに興じているはずだ。たとえ予定を変更して地下牢へ下りてきたとしても、あの重い扉を音をたてずに開けて、ここへ現れることが、可能なわけはない。

しかし振り返った冬波が見たのは、やはり範賛だった。護衛らしい屈強な兵士二人を従え、老人斑が多数浮き出した顔に作り笑いを浮かべて、歩み寄ってくる。青ざめた警備兵には目もくれず、冬波に問いかけた。

「索光禄大夫、なぜここに？　地下牢に用のあるお役目柄ではないはずですが」

口元は笑っているが、たるんだまぶたの下に覗く眼は、猜疑の色をたたえて鋭い。今は、範賛が音もなく現れた理由を考えている場合ではない。考えるべきはこの場を切り抜ける方法であり、範賛を納得させせられる言い訳だ。

「これはこれは。……いやぁ、困ったな。ちょっと好奇心で覗きに来ただけなのに、知った顔だったり、範賛殿に見つかったり、さんざんだ」

「どういうことか、お聞かせ願えますかな」

「反乱で処刑された罪人のことを言うのはなんですが、前王の妃といえば絶世の美女と聞いています。その王妃に生き写しの美形を一目見てみたいと思いましてね。それが男の本能というものでしょう」

「女のような顔をしていても、この罪人は男。知らぬわけではございますまい」

「いやぁ、私は男も食いますよ？」

軽薄なふりには慣れている。この芝居と日頃の自分の評判が、範賛を騙せることを願った。しかし追及はやまない。

「知った顔というのは？　陶雷鬼という名を口にしておられたようだが……」

格子で隔てられた牢の中で、莉羽が不安げに自分を見ている。あまり喋ってほしくないのかもしれない。隠せることなら黙っておいてやりたいが、名前を口にしたのを範賛に聞かれてしまった。調べてすぐわかる程度のことは、白状するしかないだろう。

「いや、驚きました。数日前に街で出会って、口説いた相手だったのですよ。見事にふられてしまいましたが。その時、莉羽王子……いや、その時は偽名でしたけれど、一緒にいた男が雷鬼とか名乗っていましたね」

「どのような奴でしたか」

「顔を隠していたので、よくわかりません。私より背が高い、武芸者のような大男だったと思いますが、それ以上は……あの時は莉羽王子に気を取られていましたしね。いやはや、花の容《かんばせ》をまた見ることができたのは嬉しいが、重罪人とは哀しいことだ」

「ふむ。さすがは宮廷一の色好みと異名を取る、索大夫。罪人にまで目をつけるとは、大したものでございますな。色事のためなら手間を惜しまれぬようで」

「いえいえ、それほどでも。まだまだ、手に入らぬ高嶺《たかね》の花の方が多いのです」

眉間《みけん》に皺《しわ》を寄せて聞いていた範賛の顔に、少しずつ蔑みの気配がにじんできた。皮肉を褒め言葉と受け取った嬉しげな口ぶりで、愚か者を装っていると、範賛の視線が自分から牢内の莉羽へと移った。

「なるほど。雷鬼という道士については、莉羽王子に訊く方がよさそうですな」

とりあえず、言い訳は信用されたらしい。虎口を脱したという思いで、背中や脇に汗がにじむ。が、

（道士？　そうだ、確かにあの雷鬼という男は、道士だと言っていた。しかし私はさっきまで忘れていたから、そのことは口にしていない。なのに範賛は、雷鬼が道士だと知っている……何か因縁のある間柄なのか？）

このあと範賛が莉羽にどんな聞き出し方をするつもりか、案じられる。しかし今の自分に

莉羽を助ける力はない。とりあえず一押しだけしてみた。

「もし王子の罪を減じて命を助ける場合は、是非この冬波に下げ渡していただきたい。無論、屋敷に閉じこめて誰にも会わせず、決して反乱の指揮など執らせぬようにいたしましょう。聞き入れていただけるなら、お礼はなんなりと……」

「お忘れか。索大夫は本来、ここにいる資格のないお方」

範賛がうるさそうな表情になり、冬波の言葉を遮った。

「その熱心さに敬意を表して、今回のことは不問に付しましょう。しかし次に同じことが起きれば、いくら光禄大夫とはいえ、ただではすまぬということをお忘れなきよう」

「ああ、これは申し訳ない。美形を前にすると私は、自制心をなくしてしまうようです。それでは失礼」

莉羽とはほとんど話せなかったが、やむを得ない。案内してくれた兵士とともに、冬波はその場を立ち去った。

(音もなく牢に現れた……やはり範賛は術を心得ている。さっきの一件で確実に目をつけられただろうし、私はもう無理だ。次にうかつな真似をすれば殺される)

かといって莉羽を見殺しにはしたくない。あたら美形をもったいない、という個人的な感情のみならず、『前王の王子』の存在は反乱組織にとってきわめて貴重なのだ。旗印がなければ、民衆は動かない。範賛の傀儡となった王を追い落とすには、莉羽が必要だ。

（ここは雷鬼に動いてもらうべきだ。道士なら範賛の術に対抗できるだろう。もともと何か因縁のありそうな間柄なんだから）

莉羽は『先生は来てはくださらない』と言いかけたようだ。喧嘩でもしたのだろうが、莉羽は近いうちに処刑される。仲違いなどと甘いことを言っている場合ではない。なんとか呼ばなければならないが、雷鬼の居場所は知らないし、表立って捜せば、範賛にばれてしまう。何か方法はないのかと考えつつ、冬波は通路を歩いた。

（何か、範賛に気づかれず、雷鬼だけを呼び出せる方法……何か……）

一方、牢に閉じこめられた莉羽は、言い知れぬ不安を抱いて、盧範賛を見つめていた。

（この男が、王を操る陰の実力者……）

新政権に関するさまざまな噂の中に、『反乱の首謀者は宦官の盧範賛で、新王は単なる傀儡』という話があった。だとすれば、両親や兄を殺したのはこの男なのだ。

今朝王宮へ連れてこられたばかりなので、範賛と会うのは初めてだ。

半白の髪と老人斑の目立つ顔は、見たところ六十過ぎぐらいか。宦官の中でも位の高い、中常侍の官服を着ている。頬もまぶたもたるんでいるが、眼光は鋭い。

その眼が莉羽をじっくりと眺め回したあと、口の端を吊《つ》り上げて笑った。

「初めてお目にかかりまするな、莉羽王子。私は盧範賛と申す者、お目にかかれて光栄の至り。……いやはや、実にお美しく成長なされたもの。先の王妃に生き写しと、首実検をした年寄りどもが申しております」

莉羽は答えず、範賛と名乗った男の顔をじっと見つめていた。

(なんだろう、この妙な歪みは……)

髪の色や皺の寄った顔を見ると六十がらみなのだが、声の張りや鋭い眼光を見ていると、もっと若いように思える。矍鑠《かくしゃく》とか達者とかいう表現とは、何か違うのだ。

「ところで先ほど、雷鬼という名を口にされましたな？　詳しくお聞かせ願いましょうか」

莉羽は無言で首を振った。自然に独房の奥へ体が動いて、にじり下がっていた。範賛という男に強い嫌悪を感じる。よくわからない歪みに吐き気や眩暈を誘われるけれど、怖くて視線を外すこともできない。

範賛が一層笑みを深める。

「ほう、話したくないとおっしゃる。しかし教えていただかねばなりませんな。陶雷鬼は今どこにいるのです？」

「なぜ、そんなことを……私の罪状には、関係ないだろう？」

当惑して莉羽は呟いた。

自分に、反逆者の汚名をかぶせて処刑するのが、範賛の狙いだったはずだ。なぜ雷鬼の居所を知りたがるのか。

毒気を含んだ範賛の表情からすると、友好な関係とは思えない。

範賛の顔を見つめるうちに、最初に覚えた違和感が甦ってきた。にじみ出すこの歪みはなんなのだろう。じっと見ていると眩暈がするような——雷鬼が庵の周囲に張った結界を通り抜ける時の感覚に、よく似ている。

「韓越……もしや、玉韓越？」

名前が勝手に口から飛び出した。

範賛が一瞬表情をこわばらせたあと、にたりと笑う。

「雷鬼に聞いていたのか？　年も見た目も変えている。普通ならばこの幻術を見破れるはずはないものを」

その顔がすみやかに変化した。半白だった髪が黒髪に変わり、顔の皺もほとんど消え失《う》せた。単に若返ったのではなく、顔の造り自体も、たるんだ頬に散った老人斑が目立つ老いた顔から、鷲鼻と角張った顎を持つ険相へと変わった。六十がらみに見えていたのに、今は四十前後にしか思えない。

牢を警備していた兵士たちが、息を呑む。その二人に向かい、範賛に従ってきた護衛が無言で剣を抜き、突きかかった。

「なっ……!?」

「……ぐあぁっ！　な、なぜ……」

警備兵は剣を抜き合わせることさえできずに、血しぶきを振り撒いて倒れた。韓越の部下はなんの感情も見せずに、その死骸を通路の隅へ足で押しのけた。莉羽は壁に背をつけて身をこわばらせ、その様子を見ていた。

範賛が——いや、顔が変化した今は韓越と呼ぶべきなのだろうか——莉羽を見やり、口角を引き上げて笑った。

「わしの正体を、他の連中に知られるわけにはいかぬのでな。それにどうせ此奴《きやつ》らは、重罪人のお前と他人を勝手に会わせたた。処刑されて当然だ。……護衛たちか？　この連中は、見えても見えず、聞いても聞こえてはいない。わしを護衛するためだけにいる、心のない傀儡だ。秘密を知られてどうのこうのという心配はない」

確かに、護衛たちの眼には光がない。何かの術にかけられて、心を失ってしまったのだろうか。

その護衛たちが、鉄格子の一隅についた扉を開け、牢内に踏み込んできた。固まっている莉羽を引きずり出す。莉羽は左右から腕をつかまれ、韓越の前に立たされた。

「それにしても、雷鬼がわしのことを話すとはな。己の未熟さを白状するようなものゆえ、とても人には言えまいと思っていたが……奴は、どう話していた？」

莉羽は必死に唇を引き結び、首を左右に振った。何も聞かされていないし、聞かされていたとしてもこの男に喋ってはいけない気がする。韓越はおそらく、雷鬼が悪夢にうなされる原因になった男だ。雷鬼の敵だ。

「話したくないか。優しげな顔に似合わず、強情な気性と見える」

韓越が懐から三寸ほどの小さな竹筒を出した。液体が入っているのか、水音がした。

「口が渇いて声も出ぬか？　飲ませてやれ」

竹筒を受け取った護衛兵が、栓を抜く。もう一人が莉羽の顎をつかんで仰向かせた。口に竹筒をあてがわれた。口を閉じて飲むまいとしたが、鼻をつまれてはどうにもならない。むせながら、莉羽は竹筒の中身を飲み込んだ。

「う……けふっ、ぅ……か、はっ……」

果汁か糖蜜《とうみつ》か、甘い味つけがしてあった。酒ではないのに、飲み下した液が胃に落ちた瞬間、かっと全身がほてる心地がした。

「これでなめらかに舌が回るだろう。王子には教えてもらうことがいくらでもある。しかしまずは雷鬼のことだ。奴はどこにいる。玉韓越のことをどう話していた？」

「く……詳しいことは、聞いていない。韓越の名も、先生に教えてもらったわけじゃなくて、偶然知っただけで……ただ、韓越が都にいるという消息をつかんだから、捜すために、住まいを移すと……」

喋ってはいけない、と思うのに、舌と唇が勝手に動き、言葉を紡ぎ出す。飲まされたのは、隠しごとができなくなる薬だったのに違いない。懸命に口をつぐんでも、胃の奥から突き上げるような力に押されて、すぐにまた正直に白状し始めてしまう。

「肝心なことを訊いていなかった。お前は莉羽王子に間違いないな？」

「は、い……」

「奴とはどういう関わりだ？　王宮からお前を逃がしたのは雷鬼か？　そのまま奴と暮らしていたのか？」

「違……逃がしてくれたのは、侍女の、祥華……」

韓越に問いかけられると、抗《あらが》えない。ありのままを喋ってしまう。口をつぐむことができないのなら、この場を逃げ出したいのに、屈強な兵士二人に腕を押さえられていては、それもかなわない。

「信じられぬな。わしが関わった反乱で、一人だけ逃れた王子と、雷鬼が出会ったのが偶然だというのか？　その祥華という侍女が、雷鬼と関わっていたのだろう。王宮を出たあとはすぐ、奴の手に引き渡されたのではないのか？」

「違う……。王宮を出たあとは、祥華と親子のふりをして逃げた。でも一月ぐらいたった頃に、祥華が山賊に殺された。その時、先生が通りかかって助けてくださった。あの日、初めて会った……会えた、のに……」

「会えたのに、どうした？　雷鬼はどこだ」

「どこかへ、去ってしまわれた。私が、愚かな過ちをしたせいで……」

今の状況を思うと胸が塞がる。

しかし韓越は、莉羽の心境になど頓着《とんちゃく》しなかった。

「ううむ。薬が効いている以上、嘘はつけぬ。となれば、雷鬼はまことに行方をくらましたらしいな。わしが追いつめた王族の生き残りが、因縁ある雷鬼の手に拾われようとは……これも運命か。恐ろしいものよ」

この言い方からすると、現在の王を操り、反乱を主導したのは宦官の廬範賛という噂は正しいようだ。嘆息する韓越に向かい、莉羽は懸命に自分の意志で言葉を絞り出した。

「なぜ、反乱を起こした……何か恨みでも、あったのか？」

父や母、兄があんなふうに無惨に処刑されねばならなかったのは、なぜなのか。政権交代で、前の権力者が殺されるのは世の常かもしれない。だが父だけでなく、母や、まだ十五歳だった兄までも処刑し遺骸を晒し、鴉の餌にするようなむごい真似が、必要だったのか。

韓越は哀れむような笑いを口辺に刻んで、首を振った。

「そんなものはない。ただ、面白そうだと思っただけだ。災害続きで国が揺らいでおり、不満分子もいる。そやつらをちょいと煽《あお》ってやったら、どうなるか……政権を引っくり返す力がわしにあるのかどうか。それを試してみたかった。ふふ、結果は見ての通りだ。わしには国を動かすだけの能力があるのだよ」

「……っ……」

そんな理由で、自分の家族は殺されたのか。悔しさに莉羽の体が震えた。

「雷鬼と出会って、そのあとはどうした」

「ずっと、一緒に暮らしていた。つい、この間まで……」

「お前は雷鬼の『女』だったのか？」

「ち、違う！　そんなんじゃない。弟子としてそばに置いていただいただけで……」

「ふん。……あの愚図らしいな。これほどの美形を、ただ育てただけか」

「！」

莉羽の体が怒りに熱くなる。自分のことはともかく、雷鬼を貶《おとし》められるのは許せなかった。

そもそもこの男と雷鬼の関係はなんなのだろう。

「いったい……先生とお前は、どういう……」

問いを絞り出す莉羽の髪をつかみ、息がかかるほど顔を近づけて韓越は言った。

「奴の顔は相変わらず、醜く焼けただれたままだろう？　呪詛のこもった傷だ、治すことも幻術で人目をごまかすこともできまい。……あの火傷を負わせてやったのは、わしだ」

「‼」

「かつては兄弟弟子として、同じ師について学んでいた。だが雷鬼がわしを裏切ったのだ」

「え……」

莉羽は眼を瞬《まばた》き、韓越を見つめた。

「裏切ったって、どういう……先生がそんな卑怯《ひきょう》な真似をするはずはない」

「お前がどう思おうと、奴はわしを裏切ったのだ。老師は依怙贔屓《えこひいき》をして、奴の味方をした。争いたくないゆえ、わしは山を去った。……しかし雷鬼はわしの息の根を止めようとして、己の力をも顧みず追ってきたのだ。愚かしい奴め、兄弟子に勝てるわけなどなかろうに。顔を焼いただけで殺さずにおいてやったのは、せめてもの情よ。しかし奴はわしを執念深く恨み、殺す気でいる。我が身を守るためだ。奴を殺すより他、方法はあるまい？」

「そんな……」

「まともに戦えばわしが勝つに決まっているが、不意打ちや闇討《やみう》ちを仕掛けられては鬱陶《うっとう》しい。まして師に手助けを求められては厄介だ。その前に雷鬼をおびき寄せて、叩きつぶす」

優越感に満ちた口調で語る韓越を、莉羽はにらみつけた。

「嘘だ。……お前は、嘘をついている」

韓越の言葉には、自分に都合のいい嘘が混じっている。あるいは事実を隠している。莉羽はそう感じた。

何年も一緒に暮らして雷鬼の性格はよく知っているし、逆に、ほんの短時間でも韓越の歪んだ気性はよくわかった。雷鬼が人を裏切るわけがない。さっきの言葉の中で真実なのは、韓越と雷鬼の間になんらかの確執があることと、雷鬼が韓越に、呪詛を含んだ治らない火傷を負わされたことぐらいではないだろうか。

髪をつかんだままの韓越が、莉羽の顔をじっくりと眺め回す。

「強気なことだ。この状況でわしに逆らえばどうなるか、わかりそうなものだがな。……殺されたくなければ、わしの足元に平伏して哀れみを請うてはどうだ？」

「誰が、お前などにっ……‼」

顔を見て声を聞くほどに、韓越という男に対する憤りが募る。両親と兄の敵であり、雷鬼を苦しめ続けた張本人だ。

「殺すなら、殺せ」

莉羽が精一杯にらみつけても、韓越はたじろがない。逆に面白がり、舌なめずりするような笑みを顔に浮かべた。

「殺す予定だったが、気が変わった。……手は出さなかったかもしれぬが、その美貌だ、堅物の雷鬼でも、ひそかに心を動かされていたに違いない」

「違う！　先生はそんなんじゃない‼　いつも私を、まるで父親か兄のように……」

「なるほど。だがお前は、雷鬼に想《おも》いを寄せている」

「……っ……」

莉羽は声をのんだ。反論の言葉が出てこない。ずっと胸にあった想いを——自分でも薄々感づいていた本心を、言い当てられた。

莉羽を押さえている兵士たちに、韓越が目配せをした。一人が莉羽の両腕を押さえ、もう一人が前に回って莉羽の帯に手をかける。

「な、何をする⁉」

帯を解かれ、莉羽は狼狽の悲鳴をあげた。その口に、韓越が指を押し込んだ。

「うぐっ！」

莉羽の舌に触れる。噛みついてやろうとしたが、それより一瞬早く、指は引かれた。

「舌に術をかけた。自決させるつもりはないし、余計なことを喋られるのも困る。韓越の名や、わしが幻術で見かけを変えていることなどは、な。……だがそれ以外の言葉は封じておらぬ。好きなだけよがり泣くがいい」

「なっ……あぁっ‼　や、やめろ！」

韓越の最後の言葉を裏書きするように、兵士たちが莉羽の衣服を剝いでいく。上着と肌着を脱がされ、上半身をむき出しにされた。さらに、紐を解かれた袴が足元へずり落ちた。

「いやだ、どうしてこんな……‼」

「汚れたことなど一つも知らぬというような顔をして……その体も心も汚しつくして、犯される快感しか考えられぬ肉奴隷へと調教してくれる。それでもまだ雷鬼に思いを寄せ続けることができるかどうか、見せてもらおう」

「……‼」

莉羽の体がこわばった。かつて淫油蟲にいたぶられた時を思い出したせいだった。見知らぬ男たちの前で、いやでたまらないはずなのに快感に屈し、浅ましく達してしまった。韓越に責められたとして、自分は精神を正しく保ち続けることができるだろうか。

「誰か、誰か来てくれ！　助け……」

「無駄だ。わしの命令がない限り、誰も来ない。警備兵の交代時刻はまだまだ先だ」

血で汚れた床の上に、剝ぎ取られた莉羽の衣服が落ちる。

兵士は、もがく莉羽の足から袴を抜き取り、下帯も容赦なくむしり取った。両腕を押さえられていて、下腹を隠すこともできない。恥ずかしくてうなだれると、淡い茂みと縮こまった肉茎が視界に入る。横を向いて目を逸らした。

韓越の声が聞こえた。

「仰向けにして、脚を開かせろ」

石床の上に転がされ、兵士たちに左右から手と足を押さえられた。膝と股関節を曲げた脚を左右に開いた格好にされたら、肉茎も後孔もむき出しだ。

「く、ぅ……」

苦しくて情けなくて恥ずかしくて、呻き声が勝手に口からこぼれた。韓越の視線が、莉羽の体に突き刺さってくる。屈辱感で全身が燃え上がるように熱い。

「寝たことはあるのか？　男でも、女相手でも」

お前の知ったことか、と突っぱねたい。けれど飲まされた自白剤の効き目はまだ続いているらしく、韓越に問われると口が勝手に動いてしまう。

「女性とは、何も……でも山賊や、猟師につかまって、触られたことなら」

「どこまでだ？　いつの話だ。入れられたのか。それとも口や手で奉仕させられたか」

「山賊に襲われたのは、八歳の時……殴られて脱がされて、犯される寸前で……雷鬼先生が来て、助けてくださった」

「それが雷鬼と出会った時か。それで、猟師というのは？」

「先月の末、山道で二人の猟師に出くわして、乱暴されそうになった。裸にされて、体に淫油蟲という、油のようなものを落とされて……」

「淫油蟲？　ほう……そういえば、後宮で使うためにわしが作った淫具や媚薬が、街に横流しされているという噂を聞いたな。本物の淫油蟲なら、勝手に動いてお前の穴にもぐり込み、いじり回して、射精するまで嬲り続けたはずだが、どうだった？　どこをいじられた、ここか？　それともここか」

韓越の手が、縮み上がった莉羽の肉茎をつかんだ。気持ち悪さに鳥肌が立つ。

「やっ……」

思わず身をよじったが、韓越の手は離れない。しげしげと眺めたうえ、裏筋や袋まで撫で回し、竿をしごき始めた。

「な、なんの真似だ、やめろ！　そんなこと……‼」

「どこを嬲られたと訊いている。答えぬか。達したのか、どうなのだ」

「あうっ……り、両方とも、淫油蟲に這い回られて、中に入られて……達し、た」

「そのあと、犯されたのか？」

「違……寸前で、また、雷鬼先生に、助けてもらった、から……」

「なるほど。つまり人間を相手にしては、まったくの未経験ということか」

言いながら韓越は、なおも莉羽の肉茎をいじり回す。莉羽は悲鳴をあげて身をよじった。

「いやだっ……やめろ！　やめてくれ‼」

「嘘をつけ。もう半勃ちではないか」

しごかれる場所から、むずむずする感覚が伝わってくる。反応するまいと歯を食いしばっても、敏感な先端の小穴に爪を立てられたり、笠の裏をなぞられたりすると、こらえきれずに呻き声がこぼれた。息が荒くなり、体がほてり、脇や背中に汗がにじんだ。

見知らぬ男に、もっとも恥ずかしい場所を見られ、いじり回されている。屈辱も嫌悪も確かに感じているのに、体が勝手に反応してしまう。

（どうして……どうして私の体は、こんなふうになってしまうんだ……）

情けなくて涙がにじんだ。嗜虐心をむき出しにした韓越はともかく、痴態を晒す自分を押さえつける兵士二人が無表情なのが、莉羽の屈辱を煽る。

「勃ったか。王子という高貴な身分にありながら、淫らな体だ。このまま、いきたいか?」

「い、いやだ……もう、やめ、て……」

「そうか。ならば、いかないように手伝ってやろう」

「……っ!?」

　韓越が細い紐を出し、莉羽の肉茎に巻きつける。

「い……痛い、離せ！　どうしてこんな真似……!!」

「お前が達したくないと言ったからだ。心配するな。他の場所を可愛がってやる。……穴がよく見えるよう、もっと深く脚を曲げろ」

　兵士二人に股関節を限界まで曲げられ、莉羽の腰が床から浮き上がった。恥ずかしさに息が詰まる。韓越の嗜虐的な視線が、突き刺さってくる。

「未経験という言葉通り、生娘のような色だな。少しも黒ずんでいない桜色で、締まりもよさそうだ」

「いや、だ……見るな……」

「よく言う。見られて興奮しているのだろう。ひくついているぞ」

　人目に晒すことなどありえないはずの場所を、雷鬼の仇である男に覗き込まれ、好き放題に品評される。屈辱と羞恥に心臓が破れそうだ。

「あいにく、今日は淫油蟲を用意していない。ただの油で我慢しろ」

「ひっ……⁉」

韓越が、小襞《こひだ》の一本一本を広げるようにして、とろみのある油を塗り込み始めた。むずむずして、くすぐったくて、どうしていいのかわからない。体が勝手にびくびくと跳ねて、足が宙を蹴りそうになる。だが兵士たちの手は、万力のような力で莉羽を押さえつけている。逃れられない。

「やぁっ！　やめ、ろ……くうぅっ！　な、撫で回すなっ‼」

莉羽は必死に身をよじった。しかしそんなことで、指が離れていくわけはない。むしろ面白がるように、小襞の中心をくりくりとこねる。

「気持ち悪い……もう、お願……」

「まだまだ」

「ひぁっ！　う、ぅ……くうぅっ！」

莉羽はのけぞった。

ちゅぷ、と淫らな音をたて、油にまみれた指が侵入してきた。味わったことのない異物感に、呻き声がこぼれる。

指はさらに深く侵入し、油を内側へ塗りつけて、抜けていった。圧迫感が消えてほっとしたのも束《つか》の間《ま》、油をたっぷり載せた指が再び入ってくる。何度も抜き差しする。

「い……いや、だ……もう、やめ……」

粘膜を撫で回される感覚は、淫油蟲に責められた時とよく似ていた。ただ、あの時は形を自在に変えるやわらかい粘体だったが、今自分を犯しているのは男の節くれ立った指だ。圧迫感と異物感は、何倍も強い。気持ち悪さに吐き気がして、涙がにじんだ。

「この程度でやめるわけがなかろう。それに口ではやめてと言っても、勃ったままではないか。尻の穴を責められて、悦《よろこ》んでいるのだろう？」

「違う……こ、これは、縛られているせいで……‼」

未経験な後孔を責められる苦痛は強く、普通なら萎《な》えてしまっているに違いない。勃ったままなのは、紐をぐるぐると巻きつけられて、肉茎に集まった血液が留まったままになっているせいだ。萎えることも、達することもできない。

仕掛けた本人の韓越に、それがわからないはずはない。だが莉羽を辱めるために、あえて紐のことは無視しているのだろう。

「中まで油を塗り込んでほぐさぬと、裂けてゆるんでしまうだろうからな。感謝しろ」

油を塗りつけた指が、もう一本、押し入ってきた。

「あっ、ぅ……痛いっ！　もう、許し、て……」

「よく締まる。指の根元が、ちぎれそうなほどだぞ。そのくせ中はやわらかくて、とろとろときている。男をくわえ込むためにあるような穴だ」

「言うなっ！　そ、そんなんじゃ……ん、くぅ！」

指が三本に増えた。粘膜が裂けそうに引きつった。韓越の批評が、舌なめずりの気配が、莉羽を一層辱める。指は抜けたかと思えば、またすぐに入ってくる。中でいやらしくうごめいて、粘膜を刺激する。

「やめ……もう、やめて……」

「指では不満か？　よかろう、そろそろくれてやろう」

後孔を犯していた指が、勢いよく引き抜かれる。莉羽は声にならない悲鳴をあげてのけぞった。圧迫感は消えたが、体を内側から責められ続けたなごりが、違和感になって残っているし、縛られた肉茎が痛くてつらくて、どうしようもない。莉羽は荒い呼吸を繰り返した。

涙でぼやけた莉羽の視界に、韓越が帯を解くのが映った。袴をずらし、長衣の前をはだけると、隆々とそそり立った牡がむき出しになった。

「え……」

莉羽は驚きに目をみはった。宦官の地位にいる以上、去勢しているのだと思い込んでいたからだ。だがよく考えれば韓越は、顔立ちや年齢さえも幻術でごまかしている。去勢していないのを、幻術で切り落としたように見せることぐらい、たやすいのかもしれない。

韓越がにたりと笑う。

「貴様、まだ生娘だと言ったな。十年も一緒にいて、手を出さぬとは雷鬼らしい。まったく愚かな奴だ。……そうやって、手を出すことなく大事に見守っていた初花を仇のわしに散らされたとなったら、雷鬼ははたしてどう思うかな？」

「なっ……ば、馬鹿を言うな！　先生に、そんな淫らな考えなどない‼」

顔中がほてる。雷鬼と肌を合わせることなど、ちらっと想像しただけでも気恥ずかしくて居たたまれない。

「それもよかろう。考えてもいなかったとしたら、貴様を奪われれば一層悔しいはずだ」

そんなはずはない、と思う。雷鬼は自分に失望し、姿を消したのだ。

だがそう反論する心の余裕は、莉羽にはなかった。韓越に左右の腿をつかまれ、後孔に牡をあてがわれたせいだ。熱さと、弾力に満ちた硬さが、恐怖と嫌悪を煽る。莉羽の全身がこわばった。

「い、や……いや、だ……」

我知らず、拒絶の声がこぼれた。今まで何度も危うい目に遭ったけれど、そのたびに凌辱《りょうじょく》の寸前で、雷鬼が助けてくれた。

助けてほしい。大声で名を呼び、来てくれと叫びたい。けれど呼ぶ資格が自分にはない。それに、もし雷鬼が助けに来てくれたとして、こんな自分を見たならどう思うことか。淫油蟲に責められて達した姿を見られた時も居たたまれなかったけれど、今回は相手が違う。雷鬼の仇に、いいように弄ばれているのだ。抵抗も自決もできずに痴態を晒しているのを知ったら、いくら優しい雷鬼でもきっと自分を蔑むだろう。

（先、生……）

莉羽は固くまぶたを閉じた。目頭が熱い。涙が頬を伝い落ちる。

「しおらしげな真似を。あれだけ指でほぐしたあとだ、すんなり入るだろう」

せせら笑って、韓越が腰を沈めてきた。弾力のある灼熱《しゃくねつ》が、莉羽の後孔を強く押す。緊張にこわばった肉穴を無理矢理こじ開けて、押し入ろうとする。

「くっ……い、痛いっ、許し……あああぁーっ!!」

裂けたのではないか——そう思うほどの痛みが、莉羽を襲った。指でさんざん嬲られたが、そんなものとは比較にならなかった。粘膜が限界まで引き伸ばされる。味わう苦痛は、違和感や圧迫感などという生やさしいものではすまない。内臓が押しつぶされそうだ。

苦しくて、痛くて、心臓が止まってしまわないのが不思議だった。せり上がって逃れようとしても、兵士二人に押さえ込まれて動けない。

「は、ぁっ……やめ、て、くれ……いやだ……ぐぅ、うっ……!!」

脳裏を雷鬼の面影がよぎる。なぜ自分は、こんな牢獄で見知らぬ男に——それも雷鬼の仇に、犯されているのだろう。どうしてもっと早く、自分の本心に気づかなかったのだろう。雷鬼を慕っていると告げていれば、事態は変わっていただろうか。

韓越が深く腰を沈め、根元まで突き入れてきた。後孔を押し広げられた苦痛に加え、縛《いまし》められた肉茎や内腿の皮膚に、韓越の体が触れるのが、嫌悪をそそる。

「あっ、ぁ、ああ……もぅ、許し……て……」

莉羽がどれほど訴えようと、韓越は容赦しない。

「痛いか？　苦しそうだな」

「いた、い……もう、やめて……抜いて……」

「そうか。ならば抜いてやろう」

「え……うぁあああっ！」

自分の中を満たしていた牡が、勢いよく抜けていく。塗り込まれた油だけでは摩擦を消すには至らず、粘膜が引きつる痛みに莉羽は悲鳴をあげた。だが、これで韓越の凌辱から逃れられると思うと、心に安堵の気持ちが湧く。莉羽は大きく息を吐いた。

その瞬間、

「……やめてもらえるとでも思ったか？」

「ひ⁉　ぁ、あぁぅ！」

舌なめずりするような声とともに、再び深く突き入れられた。息を吐いた瞬間で、体の力が抜けていたため、抵抗しようもなかった。一気に根元まで押し込まれた。

「ふふ……極上の体だ。締まり具合もさることながら、この肌のなめらかさ。たまらぬな。喘ぎ声も悲鳴も、いたぶってやりたい気持ちを煽りおる」

薄笑いを浮かべ、韓越が腰を揺すり始める。根元まで突き立てておいて、外れるかと思う

ほどの勢いで抜き、体が離れる寸前、また突き立ててくる。

「あうっ！　や、やめ……ひぁっ、う‼」

激しく揺さぶられ、莉羽の顎ががくがくと揺れた。屈強な兵士二人に押さえつけられているため、突き上げる韓越の勢いをまともに受け止めてしまう。苦しい。容赦なく責められる粘膜も、床とこすれる尻や背中も、すべてが痛い。

「ああ、ぅ……いや、だ……もう、いや……」

「つらいか？　雷鬼に助けを求めてはどうだ。愛弟子《まなでし》の窮地を知って、駆けつけてくるやもしれぬ。ぐずぐずしていると、わしの精を吸い取ることになるぞ」

来てほしい。助けてほしい。だが自分に、呼ぶ資格はない。涙をこぼしつつ、莉羽は首を左右に振った。

「ほう。なるほどな、邪魔をされたくないか」

「ち、違……っ！」

「すべりがよくなってきたぞ。慣れて気持ちよくなってきたのだろう」

「違う、違うっ！　気持ちよくなんか、ない……‼」

「ならばなぜ、雷鬼を呼ばぬ？」

「私は、先生を失望させてしまった……来てくださる、わけがない」

雷鬼に来てほしい。助けてほしい。けれど自分にはその資格がないし、韓越が手ぐすね引いて待ち受ける場所へ、雷鬼を呼び寄せるような真似はできない。

「どうかな？　まあいい。貴様が呼ばずとも、莉羽王子が捕らわれたという噂が雷鬼の耳に届けば、奴は来る」

それは違う、と莉羽は思った。雷鬼には素性を明かしていない。だから王子が捕らわれたという噂を、自分に結びつけることはないはずだ。

（よかった。先生に秘密にしていて。……これで、よかったんだ）

よかったと思いながらも、なぜか涙がこぼれた。韓越が嘲笑《あざわら》う。

「よがり泣きか？　穴だけでは足りまい。ここも触ってほしいか？　いや、まずはこれをほどいてやろう」

「くうぅっ！」

肉茎に巻きついていた紐が、荒々しくほどかれる。紐と粘膜がこすれる痛みに、莉羽はのけぞった。だがその苦痛に萎えるより早く、韓越の手が莉羽の肉茎を捕らえた。

「あっ、あぁっ、や……ひぃ、あっ！」

紐が食い込んでいた痛みも癒《い》えない間に、しごかれる。腫れ上がった粘膜をこすられるのがつらい。だが後孔をほぐしたなごりの油にまみれた指は、ぬらぬらとうごめき、痛みと快感を莉羽に与えてくる。

後孔への責めも続いていた。圧迫感が気持ち悪いだけのはずだったのに、いつの間に感覚が変わってきたのだろうか。牡がしこりのある場所をこすると、しびれとも痛みともつかない、異様な感覚が背筋を駆け上がる。

意志を無視して熱を帯びる肉茎と、荒くなる息遣いが情けなくて、莉羽は首をねじって顔をそむけた。

（どうして……どうして私の体は、こんな……）

以前、猟師たちに襲われた時にも思った。自分には何か、男に歪んだ気持ちを抱かせる資質があるのではないか。いやでたまらない相手なのに、快感に負けてしまうこの体は、並外れて淫らなのではないだろうか。雷鬼は『お前は悪くない、悪いのはあの男たちだ』と言ってくれた。だが自分は、雷鬼の信頼を裏切り、失望させてしまったのだ。

「男に嬲られるためにあるような体だな。あれほど痛がっていたくせに、少ししごかれただけで勃つのか」

「ち、違……」

「違うというのか。では雷鬼に抱かれていると想像して、よがっているのか？」

「や、やめろ、先生を引き合いに出すな‼　お前などに……んっ！　く、はぁっ‼」

韓越に犯されて、意志とは無関係に反応している自分の体は、厭わしい。だが雷鬼に抱かれる想像などしていない。韓越に雷鬼を重ねるなど、不遜すぎる。

しかし反論の言葉は途中で崩され、悲鳴に変わってしまう。

韓越の突き上げが速さを増した。腿をつかんだ指が、肉に食い込む。

「わしの精を吸い取るがいい。雷鬼が触れることさえためらったその体……中の中、奥の奥まで、我がものとしてやろう」

「やっ、やめ……あっ、あぁっ！」

ずんっ、と体の芯に重く響くほどの勢いで、突き立てられた。同時に、肉茎の根元を締めていた指がゆるみ、先へとしごき上げる。その勢いに導かれ、莉羽はほとばしらせた。

同時に、熱く粘る液体が自分の中へ注ぎ込まれた。

「……ぁ、あ……」

喘ぎとも吐息ともつかない声が、口からこぼれる。捕らわれ、犯され、その様子を嘲笑されて――なぜ自分は息が絶えてしまわないのだろう。

長く息を吐いた韓越が、体を離した。身繕いをしながら上体を倒し、莉羽の耳元に囁く。

「雷鬼を呼べ。奴を呼べば、お前は助けてやる。即刻この牢から出して、贅《ぜい》を尽くした部屋に入れて、休ませてやろう。……雷鬼を呼ぶがいい」

「……っ……」

囁く声は、猫撫で声と言ってもいいほど優しい。一瞬頷きかけてから我に返り、莉羽は何度も首を横に振った。

舌打ちして韓越が体を起こした。

「儚《はかな》げな風情に似合わず、強情な奴だ。……よかろう。簡単に死ねると思うな。お前が捕らわれたという布告が国中に広まった頃、雷鬼が助けに来ずにはいられないようなやり方で、処刑してくれる」

兵士二人が、韓越の命令を受け、莉羽を引きずり起こして元の牢獄へと放り込んだ。放り込むとしか言いようがない、乱暴な扱いだった。体を清めることさえ許してもらえない。

扉が閉ざされ鍵《かぎ》がかけられ、韓越たちが去っていく。

莉羽は身を起こした。中へ注ぎ込まれた精液が、ぬるりと内腿を伝い落ちる。その感触と生ぬるさが莉羽に、自分が犯されたことをはっきりと教えた。

（先生……先、生……）

声に出して呼ぶ資格はない。心の中で雷鬼を思い浮かべ、莉羽はすすり泣いた。

4

雷鬼は、莉羽の身に起こった変事を知らない。

隠れ家として見つけておいた山中の樵小屋にこもり、ひたすら韓越と戦う準備を整えていた。爆薬や催眠用の煙玉、毒矢などが大量に必要だ。毎日毎夜、準備作業にいそしみ、山中で集めた材料で作れるものは作った。

だがそのうち、どうしても足りないものが出てきた。都の朝市へ出かけて捜すしかない。都には莉羽がいるはずだ——それを思うと、胸が締めつけられるように痛む。

(……何を気にしている？　もともと偶然拾っただけではないか。莉羽が俺のもとから離れていくのは、当然のことだった。今頃はあの、冬波という男と幸せに暮らしているに違いない。……それでよかったんだ。韓越と決着をつけねばならない俺のそばにいたら、莉羽を巻き添えにしてしまう)

冬波に抱き寄せられて、真っ赤になっていた莉羽を思い出し、さっきより一層、胸が苦しくなった。囚われていてはいけないと、頭を強く二、三回振って、莉羽の面影を追い払う。

(莉羽のことは忘れるんだ。韓越を倒すために、いずれは都へ行かねばならないんだ。いちいち動揺してどうする)

そう自分に言い聞かせ、雷鬼は都へ潜入した。

不要な鉱石や薬を売り、必要な物を買い整える。用さえすめばさっさと帰るつもりだったが、途中で、道に面した酒場にたむろする男たちの会話が耳に入った。

「馬鹿じゃないのか？　あんな張り紙を出したって、来る奴なんかいるもんか」

「壁や扉を壊したり、雇い人に怪我をさせたんじゃ、どれだけ弁償させられるかわかったもんじゃねえ。それをわざわざ『お出《い》でを請う』なんてよ」

「しかし、どんな暴れ方だったんだろうな？　皿小鉢ならともかく、壁を壊したなんて」

思い当たる節がある。

気絶した莉羽が妓楼へ担ぎ込まれたのを、連れ込まれたと勘違いして激昂し不安に駆られ、自分を妓楼に入れまいとする使用人たちに怪我をさせたうえ、建物の一部を壊した。

（しかし張り紙とは、どういうことだ？　あの時は冬波に言いくるめられて、弁償させてもらえなかった。別の店の話か？　それとも事情が変わったか。もしあの妓楼のことなら、放っておくわけにもいかない）

勘違いで無関係な他人に迷惑をかけたという負い目が、雷鬼にはある。男たちの話に耳を澄ませたが、妓楼の名前は出ず、前王の忘れ形見が囚われたという話に移った。その話題は自分には関係がないと思い、雷鬼は立ち上がった。

いつかの妓楼へ行ってみると、朱塗りの派手な門に、男たちが喋っていた通りの張り紙がある。やはり自分のことだ。

（韓越の仕業なら、こんな回りくどい手は必要ない。街の警備兵に命じて火傷の男を捜させればすむ。……妓楼から俺個人への呼びかけだ。弁償の要求だな）

妓楼に入っていった雷鬼は、人目につかない奥の小部屋に通された。『詳しいお話は、別の方から』と言われ、待たされる。香りのよい茶や点心を出されたが、かといって用件がわからないうちは口をつける気にはなれない。半刻ほどたって現れたのは、なんと冬波だった。

「待たせたようだな。王宮を抜け出すのに時間がかかった、勘弁願いたい」

「いや……」

雷鬼としては、きわめて複雑な思いを抱く相手だ。顔も見たくないと思う一方、莉羽を大事にしてくれ、哀しませたら許さないという思いもある。何をどう言えばいいのかわからず息を詰まらせた瞬間、以前とは打って代わって真剣な表情の冬波が、口を開いた。

「莉羽王子といったい何があった?」

「……なんの、ことだ?」

当惑して問い返すと、冬波の目つきが険しくなった。

「諍《いさか》って見捨てたのか、それとも最初から王子を盧範賛に売るつもりだったのか? そうではなかろう。範賛はお前に含むところがあるように見えた」

「!?」

雷鬼は息を呑んだ。盧範賛は、自分が追い求める仇、玉韓越の偽名だ。しかも『莉羽を盧範賛に売る』とはどういう意味か。

「莉羽はお前のもとへ行ったのだろう? 口説かれて、頬を染めて嬉しそうにしていた」

「何をわけのわからないことを言っている! 王子の処刑まではもう時間がない。うかつに近づけばこちらの首が飛ぶから、何もできないが……おい。まさか本当に、何も知らないと言うんじゃないだろうな。冗談はやめてくれ」

冬波が途中で言葉を切り、覆面の奥に隠れた雷鬼の瞳を覗き込んでくる。

「どういうことだ?」

問いかける自分の声が、不安にわなないているのを雷鬼は知った。

ここに至って、雷鬼がまったく何も知らないのだと気づいたらしく、冬波は知る限りの事情を説明してくれた。

莉羽が実は前王の忘れ形見で、現政権から逃げていたという素性も驚きだったが、捕らえているのが盧範賛、すなわちかつて自分の顔を焼いた玉韓越だという話には、心臓に太い鉄針を刺されたような衝撃を受けた。

「お前に名乗ったのが、本名で、莉羽は偽名ではなかったのか……?」

「普通に考えてみろ。会ったばかりの他人に本名を、それもお尋ね者の王子の本名を名乗るものか。莉羽と莉花、二つの名前を私に聞かれて、王子は必死でごまかそうとしたんだ」

言われてみればその通りだ。自分と出会った時の莉羽は八歳の子供だった。うっかり本当の名を口にしたとしても、不思議はない。それなのに自分は莉羽が自分に嘘をついていたと思い込み、疑いを深めていった。

もちろん、嘘はあった。真の素性を隠し、どこかの富豪の隠し子と言っていた。しかしこれは、莉羽の心情を考えれば無理もない。逃亡中の元王子だと人に知れれば、囚われて殺される。ずっと莉羽は、その恐怖を抱えて生きてきたはずだ。それに考えてみれば自分も、莉羽に韓越との因縁を教えようとはしなかった。

「それで、莉羽は今いったい、どうなっているんだ」

「わからない。私は範賛に目をつけられたから、もう牢には近づけない。地下牢の一番奥、もっとも警備が厳重な場所だ。警備兵に金をばらまき、どうにか面会の手筈《てはず》をつけたが……話の途中で、物音もたてずに範賛が後ろに現れた時は、心底ぞっとした」

「範賛……本名は玉韓越という。奴は道士崩れだ。崩れといっても、技量は相当なもので、気配を消すぐらいのことは造作もなくやってのける」

「だろうな。あれから九日たつが、王子がどうなっているのかはまったく伝わってこない、盧範賛の腹心の部下以外、牢に近づけないんだ。金を握らせて話を聞き出そうとしたが、それにも失敗した。そして一昨日、突然布告が出された。三日後に王宮前の広場で、莉羽王子を処刑すると。反逆罪だ」

雷鬼の拳《こぶし》が震えた。自分が山にこもっている間に、莉羽の身にはそんなことが起こっていたのだ。がちがちと歯が鳴る。冬波が問いかけてきた。

「盧範賛……いや、玉韓越か。お前は、勝てるんだろう?」

「前回戦った時は敗れた。死ななかったのが不思議なほどの惨敗だった」

正直な雷鬼の言葉に、冬波がこめかみを押さえた。

「では、だめか……」

「だめなものか。俺は莉羽を助ける。俺が助けなくてどうするというんだ」

反射的に答えた。言葉が勝手に飛び出したというべきか。言ったあとで自分でも驚いた。

だが、気がついた。これが本当だったのだ。莉羽の心がどこにあるかなど、気にする方がどうかしていた。

(俺はなぜ莉羽を試すような真似をした？　なぜ正直に、愛していると言わなかった？)

莉羽が気を遣うかもしれない——という気持ちもあったが、結局は建前だ。莉羽に断られ、はねつけられることが怖かったのだ。

醜く焼けただれた顔を、会う人会う人すべてに気味悪がられ厭われ、あるいは同情を向けられるうちに、自分はすっかりひねくれて、劣等感の塊になってしまった。莉羽のような美しく素直な子が、醜い自分のそばにずっといてくれるはずはないと思い、莉羽に別れを切り出されるのを恐れるあまり、自分から引導を渡す方がいいと考えた。

今ならそれが、過ちだったことがわかる。

自分を嫌い、遠くへ去っても構わない。

韓越の手元で苦しませたあげく死なせるくらいなら、どこで誰とともにいてもいいから、生きていてほしい。ただ無事でいてほしいのだ。

自分の心を確認し、雷鬼は冬波に尋ねた。

「処刑はいつだ。朝か、昼か」

「正午に広場へ引き出すと聞いている。ただ、処刑自体は夕刻を予定しているらしい」

この妓楼には冬波の息がかかっており、使用人も口が固い者ばかりなので、白穂党の人間と会う時にもしばしば使っているらしい。しかし一度でも範賛に目をつけられた身としては、長居は危険だと思うのか、話がすむと冬波はそそくさと帰っていった。

妓楼を出た雷鬼は、すぐさま雲を作り、隠れ家へと飛んだ。

（莉羽が、韓越の手に落ちた……）

広場へ引き出してから処刑まで、長時間空いているのが気になる。韓越は何か企んでいるのではないだろうか。

今になって思い出す。韓越には、小動物をなぶり殺しにする性癖があった。少年期に同じ師について修行を積んだ兄弟弟子だから、知っている。蛙《かえる》を捕らえて、小刀で足を地面に縫いつけて日干しにしたり、生きた鼬の生皮を剥いだりしていた。

『どのくらいの刺激で、どの程度時間をかければ死ぬかを知らないと、救える限界がわからない。だから調べている』

と言われると弟分の自分は、何か違うと感じながらも口をつぐむしかなかった。韓越は才気煥発《かんぱつ》という形容がぴったりくる、利口な少年だったので、田舎者で口が重い自分には、とても反論できなかったのだ。

今思えば研究でもなんでもなく、韓越の趣味だったのに違いない。

自分の顔に一生消えない火傷を負わせた時の、韓越の笑い声は、今も耳に残っている。弱い立場の者をいたぶることに、愉悦を覚えるたちだ。あの男が、罪人として莉羽を捕らえた。しかも自分との関わりを知っている。今、莉羽はどんな目に遭っていることか。韓越によって無惨な凌辱を受けていても、おかしくない。

できることなら今すぐ王宮の地下牢へ乗り込んで、莉羽を救出したい。だが頭に残る韓越の記憶が、かろうじて雷鬼を押しとどめた。

装備が不充分なまま戦って、勝てる相手ではないのだ。自分一人のことなら再度敗れても構わないが、莉羽を助け出すためには、万全の態勢を整えねばならない。

そして王宮の警備は厳重すぎる。莉羽が広場へ連れ出された時を狙うのが、成功の可能性が一番高そうだった。

(莉羽。もう少しだけ我慢していてくれ。すぐに助ける。必ず助けるから……)


「ふぅっ、う……ん、んん……ん！　んむぅ、ううーっ！」

くぐもった悲鳴とともに、莉羽の肉茎から精液がほとばしった。びくびくと体が震える。その姿が、きっかけになったのか。背後から、獣が唸るような声が聞こえた。後孔を犯していた男が、莉羽の双丘に指を食い込ませて引き寄せ、一気に注ぎ込む。

口を責める男は、わずかに遅れた。莉羽の髪をつかんで顔を固定し、自分をくわえている莉羽の顔を淫らな笑みで見つめたあと、勢いよく引き抜いた。莉羽の顔めがけて、粘っこく熱い液体をぶちまける。

髪に、額に、白い液が粘りつき、垂れ落ちる。青臭いにおいが鼻孔《びこう》に突き刺さってきて、むせそうだ。

「あっ、ぁ、あ……は、ぁ……」

喘ぐ莉羽の顎を、別の手がつかまえる。猛《たけ》り立った牡を頬や唇に押し当て、先走りをなすりつけたあと、口に押し込んだ。

後孔も同じことだった。注ぎこんだあとも抜かずに、身を震わせて余韻を味わっていたらしい男を、違う男が「どけ」と短い言葉で荒っぽく押しのける。莉羽の後孔へ熱い牡をあてがったかと思うと、一気に押し入ってきた。精液まみれの孔は、じゅぷっと淫猥《いんわい》な音をたてて、牡をくわえ込んだ。

「ん、ぅ……ふ……」

周囲から、蔑みに満ちた声が聞こえてくる。

「ずぷずぷ飲み込んでいくぜ。何にも知りません、うぶで上品ですぅ、みたいな顔して」

「この体で白穂党を操ってたんだろう？　入り口の締めつけときたら、根元がちぎれそうなほどだった。そのくせ中はやわらかくて、とろとろで……たまんねえ。もう一度、順番が回ってこねぇかな」

「お前は尻に突っ込んだんだから、もういいだろう。俺は口だったんだ、今度は下の口にぶち込みてえよ。舌使いは、どうにも素人《しろうと》くさかったからな」

「そこがいいんじゃねえか。いかにも、王子に無理矢理させてるって感じで」

「王子？ 大勢に見られて上にも下にも突っ込まれて、アンアン言ってるんだぞ。……普通の王族なら、恥ずかしくて自決してるだろうよ。生まれは王子でも、今は淫売ってことだ」

好き勝手な品評の声音は、軽侮と欲情に歪んでいる。この場にいる兵士たちの視線がすべて、自分に突き刺さってくるのを感じ、恥ずかしさに居たたまれない。無駄だと知りながら、どうにかして股間を隠せないものかと、身をよじってしまう。

自決できるものならそうしたい。けれども韓越の術で、舌を嚙み切ることはできない。監視の目が光っているため、首を吊る紐も、胸を突く刃物も手に入らない。食を断って死のうかと試みたこともあったが、韓越に奇妙な丸薬を無理に飲まされた途端に異様な活力が湧き、餓死できなくなった。

その韓越は今も、少し離れた場所で自分の痴態を眺めている。

「すっかり味を覚えたらしいな。前に触られてもいないのに、達したか」

韓越の嘲笑が聞こえた。反論はできない。口は牡で塞がれている。両手を背中に回して縛

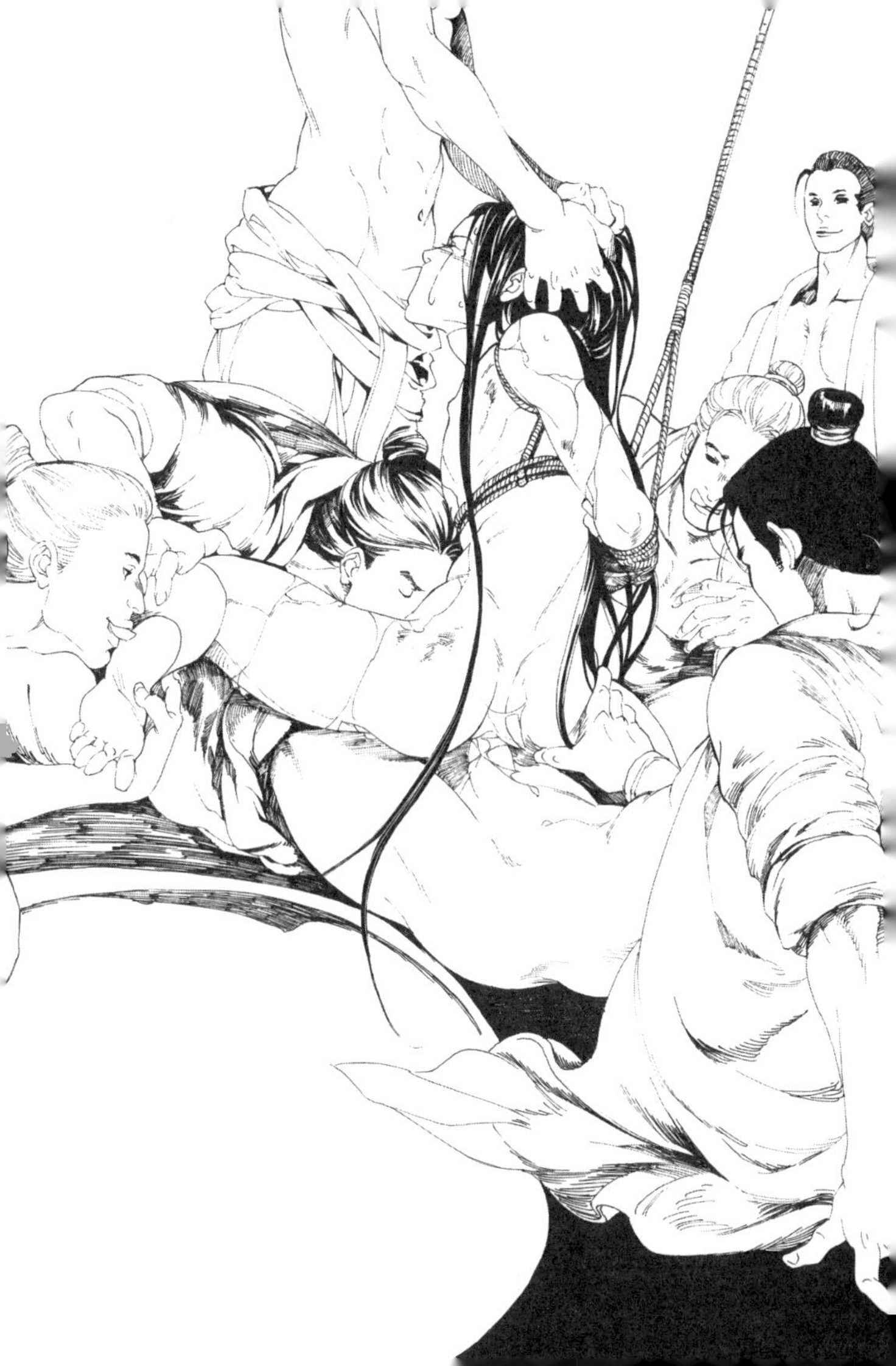

った縄が、天井から下がった鉤につながれ、莉羽の体を固定していた。

王宮の地下牢へ移された日から、凌辱は毎夜続いていた。初日は韓越一人に凌辱されただけだったが、その後は張型と淫油蟲で嬲られたり、身動きできないほどに固く縛ってから乳首と肉茎にむず痒《がゆ》くなる薬を塗られたり、毎夜趣向を変えて責められていた。

『雷鬼の居場所を白状しろ。わからぬなら、呼べ』

毎回、莉羽は首を横に振った。韓越に嬲られるのは悔しくて情けなかったけれど、雷鬼の居場所は知らないいし、呼ぶ方法もない。たとえ知っていたとしても、教えたくない。自分のせいで雷鬼を危険な目に遭わせたくない。

断るたびに、『呼びたくなるようにしてやろう』と言われ、凌辱の度が増していく。昨日までは韓越と、心を持たない人形のような部下だけで莉羽を嬲っていたのが、今日は牢の警備兵を集めての輪姦《りんかん》となった。

雷鬼の仇である男にいたぶられ犯されて、達してしまったのだから、これ以上の屈辱と自己嫌悪を味わうことはないだろうと思っていた。けれども大勢の他人に痴態を見られ、好き勝手な放言を浴びる恥ずかしさは、また別だ。

心を封じられたという韓越の護衛兵とは違って、牢の警備兵は皆、むき出しの欲望を莉羽にぶつけてくる。

最初、韓越に輪姦を命じられた時、兵士の中には『今は反逆者とはいえ、王族の高貴なお方を……』と尻込みする者もいた。しかしその一人が、韓越の護衛の手で即座に斬り殺されると、警備兵は先を争って莉羽に群がってきた。口を犯し、後孔を貫き、乳首をつまんでこねたり、肉茎をしごいたりする者もいた。いやでいやでたまらないのに、体は責めに屈して反応してしまう。硬く尖る乳首や、勃ち上がる肉茎は男たちを喜ばせ、一層激しい凌辱と、侮蔑の言葉を呼び起こした。

（いつまで続くんだ……？）

時間の感覚がわからない。十数名の兵士の中には、口と後孔の両方を味わおうとする者、それでも足りずに三度目の順番が回ってくるのを狙う者もいて、輪姦は果てしなく続いた。解放されたのは、縛られた腕がしびれきって感覚を失った頃だった。

兵士たちが莉羽から離れ、縄が解かれる。

立っている力はなく、莉羽は無様に床へ倒れ込んだ。全身が精液にまみれてぬるぬるだ。

韓越の声が聞こえた。

「これが、白穂党を操る反逆者の体だ。堪能《たんのう》したか？　まだ物足りぬ者もいるようだが、続きは明日行え。この場所ではなく、王宮前の広場になるが」

「広場……でございますか」

「殺す前に、兵士、民草、誰であれ望む者には、王子を犯させる。何十人でも何百人でも構わぬ。反逆を目論《もくろ》む者は、このように最大の恥辱を味わってから死なねばならぬという、見せしめのためだ。この見苦しい姿を、広場で晒し者にしてくれる」

　莉羽の絶望が一層深まった。

　素性がばれて捕らえられれば殺されるとは思っていたが、輪姦のあげくの処刑などという人倫にもとる方法は予想しなかった。だが自分には逃げる力も自決する方法もない。

　兵士の一人が尋ねているようだった。

「混雑に紛れて、白穂党の連中が奪い返しに来るのではないでしょうか」

「それならそれで、好都合だ。反逆者どもを一網打尽にするいい機会になる。……なにしろ強情な奴で、白穂党の本拠地や、王宮にいるはずの協力者の名など、いっさい白状せぬ。今日ほどの恥辱を受ければ喋るかと思ったが……恥辱というより、こやつを喜ばせただけかもしれぬな。まあいい。明日は、こんなものではすまぬ」

　含み笑ったあと、韓越は警備兵たちにここから立ち去るよう命じた。

「貴様らは、噂を広めておくがいい。この王子がどれほど淫らで恥知らずな体の持ち主か、そして明日の処刑でどんなことが行われるか。白穂党の連中をあぶり出すためだ」

「はっ。かしこまりました」

　大勢の靴音が遠ざかってゆく。

　牢に残ったのは消耗しきって動けない莉羽と、韓越、そしてその護衛兵だけだ。韓越がしゃがみ込み、莉羽の顔を覗き込む。

「早く雷鬼を呼べばよかったものを。明日は、恥辱の果てに殺されると覚悟せよ」

「……なぜ、ここまでする……先生が、それほど憎いのか……?」

自分と韓越は、今回会ったのが初めてだ。こうもいたぶられる理由はないと思う。自分と関わりのある雷鬼憎さに、復讐心をぶつけているのではないのか、そう思った。

韓越がにたりと笑った。

「憎い。だがお前も、憎い」

「え……?」

「生まれつき、なんの努力もせず手に入れた、高貴な血筋とその美貌。……雷鬼も同じだ。奴にあるのは、生まれつきの才能だけだ。それで、わしが努力して努力してたどり着いた場所を、軽々と超えてゆく。素直な弟子のふりをして、実はわしを内心で嘲笑っていたのに違いない。許せぬ」

「先生はそんな、裏表のある人じゃない。いつだって真摯《しんし》に……」

「黙れ。貴様も同じ穴の狢《むじな》だ。わしが今の王を焚《た》きつけて反乱を起こさせるまで、どれほど苦労したと思っている。取り柄といえば王族の血筋だけで、意志が弱く享楽に流されやすい男だ。自分こそ救国の英雄と思い込ませるには、なだめたりすかしたり、おだて上げたり、時には薬を使ったり、手間がかかったぞ。それでもどうにか反乱は成功した。……お前さえ逃亡しなければ、完璧《かんぺき》だったのだ」

憎悪がしたたり落ちるような声音でいい、韓越は莉羽の髪をつかんで頭を引き起こした。

「仙人の道など知ったことか。わしは現世の快楽を選ぶぞ。そして、手に入れた。王は今やただの傀儡だ。この国を支配しているのはわしだ。わしにはそれだけの能力がある。……貴様や雷鬼に邪魔はさせぬ。貴様がこのような目に遭うのは、わしの計画を邪魔した罪ゆえと知れ」

そう言い、韓越は莉羽を突き放して立ち上がった。

「処刑は明日だ。さまざまな趣向を凝らしてやったゆえ、楽しみにしておれ。……雷鬼が来れば、奴の目の前でお前を殺す。来なければ、奴の分までいたぶってから、殺してやる」


翌日は、朝から湯浴みを許された。だがそれは決して親切心などではなく、外見を整えて、見世物としての価値を上げるという目的でしかなかったらしい。

その証拠に、体を清め髪を洗った莉羽には、衣服が与えられなかった。全裸のまま、両手首を背後で縛られ、腰縄を打たれて牢から連れ出される。『趣向を凝らした』という韓越の言葉からすると、この程度は始まりにすぎないのだと覚悟して、素足《すあし》のまま莉羽は階段を上がった。

しかしさらなる恥辱は、王宮の中庭へと連れ出されたあとに、待っていた。

「ここから、王宮前の広場へ移動する。処刑台の前までは、あの輿《こし》に乗ってもらう」

庭に置かれた輿を見て、莉羽は引きつった。

屋根はなく、本来なら平らな板であるはずの、人が座る場所が、峰の部分を尖らせた山型になっている。それだけでなく稜線《りょうせん》の中央に、にょっきりと生えているものがあった。黒光りするそれは、大きさも形も、男根にそっくりだった。

言葉の出ない莉羽に向かい、兵士の一人がにやにや笑いながら説明した。

「あれは、水牛の角をその形に削って中をくりぬいたものだ。中には湯に浸した綿を詰めて栓をしてあるから、熱さも硬さも本物そっくりらしい。処刑場に着くまで、たっぷり楽しむといい。輿を運ぶ兵士が前後左右上下、好きなように揺さぶってくれるだろうから、張型だけでなく三角輿の食い込みも味わえる」

「い、いやだっ！」

莉羽は悲鳴をあげてあとずさった。

しかし腰縄を打たれた身では、逃れようがない。たちまち押さえつけられ、輿の前へと引き立てられた。

屈強な兵士が三人がかりで、莉羽の体を抱え上げる。

「そぉら、下ろせ！」

「やめて……やめてくれっ‼　そんな……」

「ちょっと待て。場所が合ってるかどうか見てやる」

横から割り込んだ兵士が体をかがめ、莉羽の尻肉をつかんで谷間を下から覗き込む。恥ずかしい場所を直視される屈辱に、胃の腑が絞られるように苦しくなった。

「もうちょっと前……よーし、その辺だ。下ろしてやれ」

「あ、あああぁっ！」

双丘の谷間に、ぬらつく硬い物が当たった。たっぷり潤滑油を塗られた張型の先端が、莉羽の後孔を捕らえた。ずぶずぶと侵入してくる。

「痛いっ……ゆ、許して……くぅっ！　あ、ひぃっ‼」

「嘘つけ。ずぶずぶ飲み込んでるじゃねえか」

「大した淫売ぶりだ。普通の男ならこんな硬い物、くわえ込めねえよ」

嘲笑しながら、兵士たちは莉羽の体を下ろし、三角の輿にまたがらせてしまった。

張型に貫かれた後孔が痛むし、後孔の前側の薄い皮膚に、尖った峰が食い込む。動けばそれだけ苦痛が増すし、うっかりすると袋や肉茎を、輿と体の間に挟み込んでしまいそうだ。逃げることなど到底できない。

「あ……ぁう……」

身動きの取れない莉羽が喘いでいる間に、胴に革帯を巻かれて両端を輿に固定された。両手も同じようにしてつながれる。足首もつながれ、莉羽は輿に完璧に拘束されてしまった。

こんな淫らな姿を晒して処刑場へ連れていかれると思うと、恥ずかしくて情けなくて、全身が熱くほてる。

けれども拘束はまだ終わっていなかった。兵士が莉羽の肉茎に手を伸ばしてきた。

「輿を揺すった時に挟んじゃまずいからな。吊り上げておいてやる」

「いやだ、触るなっ……ひ、ぁああっ！」

「ほらほら、王子様の身のためなんですから、じっとしていないと痛い目を見ますよ」

王子と呼んではいても、兵士たちに敬意はない。一人が莉羽の肉茎をつまみ上げ、別の兵士が雁首に糸を二重三重に巻きつける。糸の端がつながれたのは、左右の乳首だ。

「う……くぅっ……」

莉羽はのけぞり、呻いた。

わざとか偶然か、乳首に糸を巻きつける間に兵士は、つまんだ指の力に強弱をつけてこねてきた。物理的な刺激に負け、莉羽の意志を無視して乳首が硬く尖ってしまう。

「なんだ？　晒し者にされて感じてるのかよ、この王子様は」

「この淫乱な体で、白穂党を操ってたわけか」

違う。絶対に違う。

自分は決して反乱組織を操ったりしていない。捕らわれて王宮へ連れてこられるまで、人と体を重ねたことはなかった。

だがこの、体のほてりはどうしたことだろう。

熱く疼いて、乳首や肉茎に軽く触れられるだけでも、電流が背筋を駆け上がる。『晒し者にされて感じている』という兵士たちの嘲笑を、否定できない。

糸を巻かれた肉茎は、左右の乳首につながれて吊り上げられた。肉茎の裏から袋まで、すべて他人の視線に晒されている。

輿が、四人の兵士に担ぎ上げられた。

「うぅっ！　んっ……‼」

声を出すまいと必死に食いしばった歯の間から、こらえきれずに呻きがこぼれる。

潤滑油をたっぷり塗られた張型が、後孔の奥を容赦なくかき回す。担ぎ手の兵士たちは、明らかにわざと荒っぽく輿を揺すっていた。

前後よりも、上下に揺すられるのがきつい。

「ん、ぅっ……い、痛い、やめてく……ああぁっ！　揺すら、ない、で……ひぁっ‼」

張型が、じゅぷ、ぬぷ、といやらしい音をたてて莉羽を犯す。三角形の輿の稜線が、後孔と袋の間のやわらかい皮膚に食い込む。

(こんな……こんな形で、連れていかれるなんて)

舌なめずりするような笑いと、淫らな視線が突き刺さってきた。

「いい格好だな。声も、顔も淫乱そのものじゃねえか」

「これなら希望者は何人でもいるだろうぜ。あの上品ぶった顔で、こんな助平な格好を見せられちゃあな。たまんねえよ」

「痛がってるふりをして、どうせすぐに勃つんだろう。昨日もそうだった」

羞恥と屈辱と、何よりも、兵士たちの言葉を否定できないという自己嫌悪が、全身を苛む。彼らが言う通り、自分は昨日、輪姦されて感じて、達してしまったのだ。

中庭から通路を抜け、王宮の門を通り、広場へと向かった。

閲兵式に使われるほど広大な空間の中央に、怪しい形の台が設置されていた。あれが処刑台だろうか。広場の周辺には見物人が詰めかけている。粗く竹を組んだ柵と、矛や槍を手にした兵士たちが、民衆が殺到するのを押しとどめていた。

莉羽の輿が広場に出た瞬間、なんとも言えないどよめきがあがった。

(見ないでくれ、どうか……誰も、見ないで……)

願いは虚《むな》しく、無数の視線が莉羽の体へと突き刺さってくる。

莉羽の両親と兄が殺された反乱から、すでに十年が過ぎた。前王の治世を覚えている者は、年々少なくなっていく。それに莉羽は父親似ではなく、あまり人前に顔を晒さなかった母に似ている。そのため、莉羽を見ても『先の王の忘れ形見』、と思うより、『女のような顔のなよなよした男が、辱められている』という感覚の方が近いのかもしれない。

沿道に並んだ見物人の顔が、淫らな笑みや蔑みの気配を浮かべるのを知り、莉羽は固く目を閉じた。できることなら耳を押さえて、見物人の声も封じてしまいたいが、両手が輿に固定されていて、逃れることも、耳を塞ぐこともできない。

竹の柵を取り囲むように民衆が集まっている。

王宮の重臣や宮女は、広場を見下ろす位置に作られた王宮前面の回廊から、見物している ようだ。淫らな莉羽の姿を、酒杯を手にして眺めている者もいれば、見るに耐えないという ふうに袖で目元を覆っている婦人もいる。

一際高い場所にしつらえられた、豪華な椅子にかけているのが、現在の王だろう。死んだ魚のような目をした男だった。韓越はどこにいるのか、見えない。

(あれ、は……)

冬波の姿が、莉羽の視界をよぎった。左右に美女を侍らせ、酒杯を傾けて戯れているようだった。一瞬だけ視線が交錯したが、すぐに冬波は目を逸らし、軽薄な笑みを浮かべて妓女にふざけかかった。

そのわずかな一瞬に莉羽は、冬波の瞳が苦渋に満ちているのを確かに見た。

(そんなに苦しそうな眼をしなくてもいいのに)

親切な人だった、と思う。だがこれ以上自分に関われば、冬波の命も危うい。

(仕方が、ないんだ)

莉羽がその目に捉《とら》えることができたのは、冬波だけだった。——雷鬼はいない。

（……馬鹿だな。何を期待しているんだ）

雷鬼が助けに来てくれるはずはない。不用意な行動で、雷鬼の心を傷つけてしまったのは自分の罪だ。恨むつもりなど微塵《みじん》もない。ただ一つの心残りは、

（お慕いしていましたと、一言申し上げておけばよかった……）

涙がこぼれた。けれど見物人は、「あいつ、晒し者にされてよがり泣きしていやがる」と、嗤うばかりだ。

そう思われても仕方がない。糸で縛られた乳首も肉茎もぴんと張りつめ、輿を揺すられるたびに水牛の角でできた張型が、莉羽の後孔を責め立てる。ずぷっ、ぬちゅっ、といやらしい音をたてて抜き差しされる様子を見て、淫欲と嗜虐心を刺激されるのか、柵の外から、熱っぽく濁った息遣いが聞こえてくる。

ゆっくり、ゆっくり時間をかけて輿は広場の中央へと運ばれた。

処刑台のそばにたどり着いた。兵士たちが莉羽の拘束を解き、輿から下ろす。ただし肉茎と乳首を結んだ糸は、外してもらえなかった。兵団長らしい、立派な鎧《かぶとよろい》兜を身につけた兵士が、巻紙を広げる。

莉羽は、暴政によって天に見放された前王の息子・莉羽王子であり、父が現王によって処刑されたことを逆恨みし、反乱を企てた。白穂党という反乱組織を作り、色仕掛けで人々を自分の配下に置いたが、天が悪事を見逃すことはなく、正義の裁きが下されて囚われた――

でたらめな罪状が読み上げられる間に、莉羽は処刑台に載せられた。

礫や絞首に使われる、普通の処刑台とは形が違う。首のない木馬、というのが一番近い。木馬の胴の部分に体の前面を当てて、莉羽はうつ伏せに這わされた。手足を木馬の足にそれぞれ拘束される。

恥部を見たいのか、竹垣の外にいる見物人が雪崩《なだれ》を打って、莉羽の後ろにあたる位置へ移動するのが見えた。

「綺麗な色だな。まるで生娘だ。全然、黒ずんでねえや」

「さっきまで、あの張型が刺さってたんだろう？　その割にはゆるんでねぇな。締まりがよさそうだ」

「おっ、見ろよ。大勢に見られて、ひくついてるぞ」

好き放題に喋る声が竹垣の外から聞こえてくる。淫らな期待に濁った視線が、後孔へ突き刺さってきた。屈辱と羞恥に、心臓が破れそうだ。脇や背中ににじむ汗が、肌を伝い落ちる感触が気持ち悪い。

兵団長の声が響き渡った。

「……これらの罪状により、死罪に処す。ただし処刑は夕刻だ。それまでは罪状にふさわしい処罰を与えるものとする。……望む者は誰でも構わぬ、そこの入り口から柵の内へ入り、この罪人を犯せ！」

広場がどよめいた。

莉羽は息を詰めた。昨日聞かされて、覚悟していたつもりだったけれど、改めて宣告されたうえ、見物している男たちの、淫らな期待にぎらつく目を実際に見ると、恐怖と嫌悪が押し寄せてくる。視線から逃れようと、うつむいた。

見物人たちは互いに牽制《けんせい》し合っているのか、すぐには柵の中へ入ってこない。

兵団長が莉羽の髪をつかんで引き、顔を起こさせた。

「どうした。誰であろうと許すぞ。尻でも口でも、好きな場所を嬲るがいい。見よ、この美しさ。反逆者の淫売とはいえ、元は王族の高貴な血筋だ。これほどの美形を弄ぶ機会など、二度とあるまい。民草にも楽しみを与えてやりたいという、盧範賛様の慈悲深いお考えだ。……来い。この重罪人に、ふさわしい罰を与えてやれ！」

声に背を押されたか、入り口の一番近くにいた、小太りの男が柵の中へ入ろうとした。それを突きのけ、別の男が先んじて踏み込んだ。それが呼び水となった。男たちが柵の中へなだれ込んできた。

「この野郎、俺が先だ！」

「知るか、どけっ！　ああ……なんて肌だ。すべすべだ、畜生」

誰かが莉羽の双丘をつかみ、頬ずりしてくる。気持ち悪さに悲鳴をあげようとした莉羽の口に、青筋の浮き上がった生臭い牡が押しつけられる。

「いやだ‼　やめ……ん、ぐぅ！」

口に押し込まれた。韓越の術がまだ効いているのか、噛みつくことはできない。寸前で顎の力が抜けてしまうのだ。

視線をめぐらせると、自分を囲む十重二十重《とえはたえ》の人垣が見えた。

これだけの人数に犯されたら、死んでしまうかもしれない。絞首刑や磔になって、鴉につつかれることを一番恐れていたけれど、こうして嬲り殺されるのとでは、どちらがましなのだろうか。悔しくて情けなくて、涙がとめどなくあふれ出る。

（もう、だめだ……）

しかし、その時――広場に矢唸りの音が響いた。

人垣の後方で次々と悲鳴があがった。ばちばちと何かがはぜる音や、小さな爆発音もする。

「なんだ⁉　何事……ぎゃあああっ！」

「火だ、誰かが火矢を……‼　どこからだ⁉　探せ！」

兵士たちがうろたえ騒ぐ。莉羽を犯そうとしていた男たちも、身の危険を感じたか、押さえる手を離し、逃げ道を探すように視線をめぐらせた。

顔を上げた莉羽の眼に、天空を切り裂いて、次々と飛ぶ火矢が映った。

鏃《やじり》に油を染み込ませた布を巻き、火をつけただけのものとは違い、特殊な薬を調合してあるのかもしれない。地面に突き立った瞬間、矢そのものがはじけ飛ぶ。炎が地を舐めて広がり、火花が五尺ほども飛び散る。

矢を体に受けてしまい、火だるまになる兵士もいた。地面を転がり、他の兵士が布で叩いても、火は消えない。近くの人間に燃え移る。

火矢はなおも飛んでくるが、射る人間の姿はまったく見えない。防ぎようがない。

(まさか……)

莉羽は愕然として周囲を見回した。こんな真似ができる人を、自分は一人しか知らない。

(でも先生が私を助けに来てくださるはずはない。私は見捨てられたはずだ)

それとも自分の予測より韓越の考えが正しかったのか。雷鬼が危険を冒して助けに来てくれたのだろうか。もしやという期待に、鼓動が高鳴る。一方、こんなみっともない姿を見られたくないという、恥じらいもあった。

そんな莉羽の心中には関係なく、火矢は一層激しく降り注ぐ。

広場は大混乱になった。莉羽のすぐそばにいた兵団長が、呻くように言った。

「来たか、雷鬼……‼」

期待に震えるような声音だった。訝る莉羽の目の前で、兵団長の姿がぐにゃりと歪み、形を変える。現れたのは、宦官らしい長衣に身を包んだ韓越だ。雷鬼がきっと助けに来ると踏んだ韓越は、兵士に化けて莉羽のそばにつき、雷鬼を待ち受けていたのだ。

「身を隠しているのか……隠形《おんぎよう》の術を使ったな。しかしあの、呪詛をこめた火傷がある限り、わしの目からは逃れられんぞ」

逃げまどう人々には目もくれず、薄笑いを浮かべて莉羽のそばに立ったまま、韓越は空へ視線をめぐらせた。そして、

「……そこかっ！」

片手を振った。飛び出した火球が空を切り裂き、中天へと飛ぶ。何もないように思えた空中で、火球は炸裂した。

煙が散ったあとに現れたのは、小さな雲に乗って空中に浮かび、短弓を構えた雷鬼だった。いつもの覆面を外し、焼けただれた顔をむき出しにしている。

「やはり助けに来たな、雷鬼！」

韓越がにたりと笑い、印を結んで呪《しゅ》を唱えた。

途端に、広場の四隅から光の柱が噴き上がる。それは薄く薄く扇形に広がってつながり、巨大な天蓋のように広場を包み込んだ。雷鬼を逃がさないための結界だと、莉羽は直感した。光はすぐに薄らいで目に見えなくなったが、結界そのものは残っているらしい。雷鬼の乗った雲が上空へ舞い上がり、光の幕が消えたあたりの高さで、不意に上昇をやめて急降下する。結界を抜けることはできないらしい。

韓越が勝ち誇った口調で宣告する。

「お前にこの結界を通り抜けることはできぬ、もはや逃げられんぞ！」

「逃げ回り、姿を隠していたのはお前の方だ！　俺は老師を裏切り怪我を負わせたお前を、ずっと捜し続けていたんだ！　今日こそ決着をつけてやる‼」

雷鬼の言葉は、莉羽が先日聞いた韓越の話とは矛盾する。『雷鬼が自分を裏切った』と主張する韓越と、どちらが本当のことを喋っているのだろう。

「よかろう、お前の死こそが決着だ‼　こやつの命が惜しければ……」

言いながら韓越が短刀を抜いた。莉羽を人質として雷鬼の動きを封じるつもりだ。

（いけない、そんな……私のために、先生を危険に晒すなんて！）

このままでは雷鬼の足枷《あしかせ》になってしまう。だが逃げるどころか体を動かすことさえ、莉羽にはできない。舌に術を施されて、自殺することさえできないのだ。しかしその時、

「うぁあああっ⁉」

不意に韓越が、何かを激しく手で振り払う仕草を見せ、よろめいて背後に数歩下がった。何が起こったのか、莉羽にはまったくわからない。

その機を逃さず、雷鬼が急降下してきた。

雲に乗ったまま左手を振り、韓越に向かっていくつも球雷を飛ばした。同時に右手は剣を抜く。地上二尺をすべるように飛んで、韓越に斬りかかった。

「韓越っ‼」

「く……っ！」

上から斬り込む一撃だ。しかも雷鬼の方が体が大きく力も強い。短刀で受け止めた韓越が、受け止めきれずに刃の峰を額に当ててしまう。皮膚が破れたか、血が飛んだ。

「ぬぅっ！」

たまりかねたか、韓越が飛び下がって、間合いを外した。

しかし雷鬼はその機を外さず、なおも斬りかかる。

「よくも、莉羽を……‼　殺してやる！」

「黙れ、その顔を焼いたのは誰か忘れたか⁉　返り討ちにしてくれる！」

怒りにわななく声と、それとは対照的な嘲笑混じりの挑発が聞こえる。激しく斬り結んでいるのか、あるいは火球を飛ばし合っているのか。空気を震わせる轟音《ごうおん》や、頭蓋骨がしびれそうな鋭い金属音が聞こえた。

激しい戦いだ。が、縛りつけられた莉羽には、遠ざかった二人の様子を見ることができない。縄をほどいてくれと頼もうにも、誰もいない。野次馬は最初の火矢を浴びて、逃げ散ってしまった。

兵士の中には戦おうとしている者もいるようだが、兵団長に化けていた韓越が戦いに身を投じたため、指揮系統が乱れている。かといって術と技を尽くした道士の戦いに、一般の人間が割って入れるわけはない。空を見上げて右往左往するしかできない様子だった。

懸命に身をよじっていた莉羽は、不意に右手首が自由になるのを感じた。

「……⁉」

続いて、右脚を縛る縄も切れる。左脚、胴、左手と、拘束が外されていく。がうがうと、低く押し殺した唸り声を耳に捉え、思い当たって莉羽は叫んだ。

「黒耀か⁉」

左脚を拘束していた縄が嚙み切られ、莉羽は自由になった。しびれた足に力を込めて、なんとか立ち上がったら、大きな布が落ちるような音がして、黒耀の顔が見えた。腰から後ろは見えない。触って確かめると、やはり布だった。韓越が『隠形の術』と言っていたから、おそらくこの布をかぶると姿が見えなくなるのだろう。

雷鬼が斬りかかる前に、莉羽には何も見えなかったのに、韓越が悲鳴をあげてよろめいた。あれは黒耀の不意打ちを受けたせいに違いない。

空中から雷鬼の声が聞こえた。

「莉羽、隠形布《おんぎょうふ》を……その布をかぶれ！　身を隠して、安全な場所へ逃げろ‼」

どうして、と問いたかった。見捨てたはずの自分をなぜ助けに来てくれたのか。逃げて、と叫びたかった。韓越は雷鬼が来ることを予想して、周到な罠を張りめぐらせているはずだ。危険すぎる。

けれどどちらも言葉にならない。独りぼっちで、汚しつくされて死ぬことを覚悟していたのに、雷鬼に会えた。声を聞けた。嬉しくて、胸が詰まる。

「先生っ……‼」

かろうじて、その一言だけがこぼれた。

「逃がすか！　貴重な人質を……」

処刑台から遠ざけられた韓越が、怒りに顔を歪め、莉羽へと向かってくる。だが黒耀が莉羽を守るように、韓越に飛びかかった。あくまで牽制のつもりか、牙《きば》を鳴らして飛びかかっては、反撃を喰《く》らう前にすばやく離れ、間合いを取る。

雷鬼が空中から球雷を飛ばし、黒耀を援護した。

自分が人質になっては、足を引っ張ってしまう。そう気づいた莉羽は、隠形の術がかけられた布を急いで引っかぶり、走った。

「く、くそっ……どこへ隠れた」

忌々しげな韓越の声が聞こえる。

布をかぶっただけなのに、韓越には自分の気配を捉えることはできなくなったらしい。だからこそ雷鬼が陽動し、布をかぶった黒耀が莉羽を助け出すという策が成功したのだろう。

韓越だけでなく、他の兵士や見物人の目にも見えなくなったようで、すぐそばを莉羽が走っても、捕らえようとする手は伸びてこない。莉羽は広場の端まで逃げ、建物の太い柱の陰へと身をひそめた。空を見上げて目を凝らす。

(先生……先生っ！　お願いです、無事でいてください……‼)

凄まじい空中戦が始まっていた。

動きが早すぎて、はっきりとはわからないが、雷鬼だけでなく、韓越も雲に乗り、空中を飛んでいるようだ。ぶつかり合い、飛び離れ、距離が開いている時は火球を投げ合い、接近すれば剣を閃《ひらめ》かせる。時には雷を投げ、口から毒々しい紫の煙を吐く。

火球や球雷がはじかれ、見物人の上に降り注いだ。人々が逃げまどった。回廊にいた王宮の重鎮や宮女たちも、建物の中へと避難しているようだ。屋根や柵に留まっていた鳥までもが、慌てふためいたように羽ばたき、空高くへ逃げ去っていく。どうやら、韓越が張った結界は雷鬼だけを閉じこめるものらしい。

黒耀が走ってきた。犬ならではの鋭い嗅覚で、莉羽がいることに気づいたのかもしれない。どこから拾ってきたのか、長衣を一枚くわえている。

ありがたく受け取り、急いで腕を通したら、黒耀が袖をくわえて引いた。早く逃げようという意味らしい。そういえば雷鬼も、隠形布で身を隠して逃げろと言っていた。

けれど雷鬼を残して、一人安全圏へ逃げることなど、できるわけがない。

「待ってくれ、黒耀！　もう……もう二度と、先生を置いていくことなんてできない！　一緒にいたいんだ、頼む‼」

もとは雷鬼の犬だが、一緒に暮らし始めてからの黒耀は、頼りない莉羽を庇護対象と感じたようで、飼い主の雷鬼よりむしろ莉羽の味方をしてくれた。今回もそれは変わらないらしい。困った子だ、と言わんばかりに鼻を鳴らし、莉羽の足元に寄り添う。感謝と謝罪を込めて黒耀の顎を撫で、莉羽は空へ視線を戻した。

韓越と雷鬼の空中戦はまだ続いている。罵り合う声が聞こえた。

「そらそら、火の粉がこぼれるぞ！　無関係な他人を巻き添えにして平気か、雷鬼⁉」

「貴様が呼び集めたのだろう‼　莉羽を汚そうとしていた連中だ、無関係なものか！　今度こそ決着をつけてやる！」

「笑止な……今度は顔全体を焼いてくれるわ！」

目を凝らし続けると、状況がわかってきた。

最初こそ、不意を突いた黒耀との二段攻撃で雷鬼が優勢だった。しかし今、徐々に形勢は逆転しつつある。

莉羽を汚そうとした者たちだ、と言いはしたが、それ以外の見物人もいる。雷鬼の性格上、巻き添えにするのは気が咎《とが》めるのに違いない。狙いを外した球雷が、他者に当たることを避けるためだろうか。雷鬼は、韓越の胸や腹など、面積が広い場所ばかりを狙っている。

どこに飛んでくるのかわかっていれば、よけやすく防ぎやすい。それだけ韓越の方が有利だ。それがわかったのか、韓越は体の周囲に、いくつも火球を飛び回らせていた。雷鬼の放った球雷は、火球に当たってはじかれ、あらぬ方向へ飛ぶ。他人を巻き添えにすることなど、まったく気にしていないのだろう。

逸れた火球や、はじかれた球雷が、建物の庇《ひさし》や柱を破壊する。逃げまどう人々の上に破片や火の粉が降り注ぐ。悲鳴があちこちから響いた。

それが聞こえるのか、雷鬼の攻撃はますます縮んで、手数が減っていく。

焦燥に身を焼く思いで、莉羽は空中の戦いを見守った。

(あのままじゃだめだ。どうにかしてあの火の玉を消さなきゃ、先生は勝てない)

宙を飛び回る韓越の体を守る火球だ。どんな方法を使えば消せるのか。

(手桶で水をかけることなんてできない。どうすれば、あの火を消せる？　雨が降ればいいのに……)

けれども自分に雨乞いはできない。そんな術は身につけていない。

何よりも、今すぐでなければだめなのだ。雷鬼の攻撃はことごとく防がれている。このままの状態が続けば、いずれ雷鬼は疲れきって戦えなくなり、殺されてしまう。

急がねばならない。

(何か、火を消す方法は……雨みたいに、大量の水をかける方法……あっ‼)

遠い記憶が、脳裏をよぎった。

(そうだ！　あれを使えば……‼)

莉羽は王宮の回廊を見上げた。最上段では、先ほどまで重臣や宮女たちが自分の処刑を見物していた。ほとんどは巻き添えを恐れて、建物の中へと避難したようだが、まだ何人かは残っているらしい。

莉羽が行きたいのはその下、中段の回廊だ。

王宮からの緊急脱出口を兼ねているため、回廊の下部には、広場と王宮内部をつなぐ小さな戸口がある。左右に警備兵がいるが、なんとかそれをかわして中へ入り、石造りの回り階段を上りさえすれば、目的の場所へ行けるはずだ。古い記憶を頼りに、隠形の術がかかった布を頭からかぶり、莉羽は駆け出した。

胸元で布をかき合わせているけれど、はみ出した足や顔は見えるかもしれない。混乱の中で見過ごされることを、ひたすら願った。

広場を斜めに突っ切り、小さな戸口へと走る。

警備兵二人は、ずっと上を見ている。雲に乗って飛び回りつつ戦う、雷鬼と韓越に気を取られているのだろう。莉羽も上空へ視線を向け——息を呑んだ。

雷鬼の乗る雲が、小さくなっている。足元が不安定なのか、繰り出す攻撃にも切れがない。

以前、人が乗れるだけの雲を作るには、それなりの気力が必要だと聞いた。雲を維持しながら戦うのは、相当消耗するのに違いない。急がなければ雷鬼が危険だ。

莉羽は必死に走った。

戸口まであと数歩のところへ来た。戸は開いたままだし、兵士は空を見ている。これならもぐりこめる——そう思った時だ。

「……うあっ！」

爪先が小石に引っかかった。莉羽はまともに転んだ。こうなっては、兵士が気づかないわけがない。

「な、なんだ……人か？　体半分だけ？」

「おい、こいつは莉羽王子だぞ‼　なんでもいい、捕らえろ！」

転んだはずみに布がずれて、莉羽の上半身がむき出しになった。兵士が駆け寄ってくる。

一人が莉羽に矛を突きつけ、もう一人が莉羽に馬乗りになって、腕をねじ上げた。

「いやだ、離せっ……‼」

「押さえろ！　何か縛るものはないのか⁉」

「ちょっと待て……へへへっ、やった、大手柄だぜ！」

兵士の興奮した声が聞こえる。他の警備兵が駆け寄ってくる足音もした。

まただめだった、雷鬼の役に立てなかった――悔しさと情けなさが莉羽の胸を嚙んだ、その時だった。

三人引きの強弓で射られた矢のごとき勢いで、黒い影が突進してきた。

立っていた兵士を体当たりで吹っ飛ばしたかと思うと、身をひるがえし、莉羽にのしかかっていた兵士に飛びかかる。背に乗っていた重みが消え、莉羽は慌てて身を起こした。

「黒耀！」

莉羽を捕らえようとした兵士を、黒耀が攻撃していた。

十一歳という老犬なのに、動きのすばやさは若犬の頃と変わらない。そして攻撃の巧みさは、はるかに勝っている。振り下ろされる剣をかいくぐり、兵士の喉笛に牙を突き立て、あるいは膝頭を嚙み砕いて戦闘力を奪う。

黒耀がいてくれれば、仕掛けのある場所までたどり着ける。そう思うと勇気が湧いた。疲労と無力感に萎えきっていた脚が動いた。

「一緒に来てくれ、黒耀！　先生を助けるんだ‼」

立ち上がり、走り出した。黒耀がつかず離れず追ってきてくれる。

莉羽は戸口の内側へ飛び込み、石の階段を駆け上がった。素足に石の角が食い込んで痛む。牢の中に閉じこめられていたせいか、体力がなくなっていて、息が切れて、胸が苦しい。けれど雷鬼はきっと、もっと苦しい。

回廊の中段に出た。莉羽を見つけた警備兵が、何かわめきながら矢を射かけてくる。

黒耀が姿勢を低くしてすべるように走り、兵士に襲いかかった。

その間に莉羽は古い記憶を探り、目的の場所へ駆け寄った。

反乱が起きる前の年、自分が七歳の時だ。雨乞いか収穫祈願か忘れたが、何かそういう大がかりな儀式があった。その途中で、父が水神に祈りを捧《ささ》げていた。

その祈りに関わる仕掛けが、ここにある。

（これだ。確か、この石を……）

回廊の手すりを支える土台部分の石に、龍が彫られている。その頭を強く三度叩いた。中で何かが外れる音がして、三つ隣の石が床へ落ちた。しかし床へ寝転ばなければ、中は見えない。兵士を黒耀に任せ、莉羽は石が外れてできた空間を覗き込んだ。中には鉄の取っ手が隠されていた。

つかんで、思い切り引く。

錆《さ》びついているのか、固い。それでも揺さぶると、ぎしぎしと揺れる気配がある。下の方、広場からはまだ爆発音や怒号が響いてくる。戦いが続いている間は、雷鬼は生きているはずだ。

もう一度取っ手を引こうとした時、

「くうぅっ‼」

左肩口を灼熱が走った。焼けた鉄串《てつぐし》を押し当てられたような痛みに、莉羽はのけぞった。首をひねると、上腕から血が噴き出している。射かけられた矢が、刺さりはしなかったものの、腕の肉を裂いて飛び過ぎていったのだろう。浅い傷のようだが、出血が多い。

しかし二の矢は来ない。今のうちだ。

取っ手を握り直して、力一杯引いた。きしみながら取っ手が動いた。一尺近く引いた時、がきっと鈍い音がして、取っ手が止まった。土台石の奥で、鉄鎖の鳴る騒々しい音が響く。

仕掛けはどこでどうつながっているのか、鉄鎖の音は小さくなりながらも確実に、回廊の下へ、広場の地下へと続いていった。

(できた！　これでいいはずだ‼)

莉羽は回廊の手すりから身を乗り出して、広場に視線を投げた。

黒い長衣の韓越と、筒袖の上着に裾を絞った袴という猟師のような格好の雷鬼が、戦っている。韓越の周囲を、朱色をした炎の塊がいくつも飛び回っていた。円を描いて回る炎に邪魔されて、雷鬼の攻撃は届かない。

(先生っ……どうか、間に合って……‼)

祈る思いで、二人の戦いを見つめた時だった。

突如、広場の中央で轟音が響いた。一抱えはある敷石が何枚も吹っ飛んで、宙を舞う。石を飛ばしたのは水の柱だ。地下から噴き上がった八本の水柱は、高さ十丈近くもあった。

(……やった！)

莉羽の心臓が高鳴る。

あの幼い日、広場の中央から八本の水柱が上がるのを見た。自分は興奮しきって、『なぜ』を連発した。あとで兄が自分を連れてここへ来て、仕掛けを教えてくれたのだ。

王の祈りを水神が聞き届けたという形を作るための仕掛けで、裏山の貯水池から水を引き、地下に埋めた水道管を通して、広場に水柱を噴き上げさせるという。王の神秘性を高めるため、この仕掛けのことは代々、王と王太子にしか伝えられない。兄は禁を破って弟の自分に教えてくれたが、『内緒だよ』と口止めすることは忘れなかった。自分は兄の言いつけを守り、教えてもらったことさえも黙っていた。

その後すぐに反乱が起こり、国から逃げ出した自分は、噴水の仕組みどころか、いつしか存在自体を忘れてしまった。いや、忘れたのではない。心の奥に封じていたのだ。

(兄上……)

優しかった兄は、死後までも自分を助けてくれた。いつもいつも、あの優しい声が――。

(……?　違う、兄上の声じゃなくて……)

その瞬間、莉羽の脳裏を、さまざまな記憶の断片が飛び回った。

十五年前の、山参りの時だ。色褪《いろあ》せ、ぼやけていた記憶が鮮やかに甦ってくる。

兄に似た、けれど兄ではない、別の誰かの声。今の雷鬼と韓越のように、雲に乗って飛びつつ戦っていた二つの人影。

どちらかが投げた火球が山肌に当たり、大岩が崩れた。

それが、山参りの行列を襲う崖崩れとなった。

当時三歳の自分にはわけがわからなかったが、きっと乳母の手を離れ、吹っ飛ばされて宙を舞っていたのだろう。

空と雲と、崩れる崖と、剣の切っ先を並べたような杉林が、視界をぐるぐると回った。雲が遠ざかり、杉林が凄まじい勢いで迫ってくるのが見えた。

本能的な恐怖に身を縮めた時、大きな手が自分を支えた。広い胸に抱きとめられた。

だが恐怖が安堵に変わる一瞬前に、絶叫があがった。肉の焼けるいやなにおいが、鼻を突いた。血のにおいもした。

さっきに倍する恐怖を味わい、自分は泣き叫んだ。

苦しげな呻き声をこぼしながらも、その人は自分を落とさなかった。抱きしめた手は離れなかった。

『泣くな。大丈夫だ、怖がらなくていい。……ここで、じっとしていろ。動くなよ』
十五、六のまだ若々しい声だった。響きが、大好きな兄の声に似ていた。だから自分は素直に従い、泣きわめくのをやめたのだ。
大きな手が離れたのは、自分を苔のにおいがする場所に置いたあとだ。

『貴様……無関係な人々を、巻き添えにして……‼』

怒りに満ちた声で叫んで、その人は飛び去っていった。

自分は、あの声を知っている。兄に少し似ているけれど、違う声。よく知っている。どうして今まで、思い出せなかったのだろう。

(そうだったんだ。あれは、先生だったんだ……)

自分と雷鬼の運命は、あの時からつながっていたのだ。莉羽の瞳から涙がこぼれた。

――長いようでも、回想はほんの一瞬の間だった。

下の広場では、八本の水柱が噴き上がっている。天高く飛んだ水は、豪雨のごとき飛沫《しぶき》となって、雷鬼と韓越に降り注いだ。

「……おぉっ⁉」

「何っ！」

どちらもさすがに心得があり、水柱の直撃は免れたようだ。だが二人の体を支えていた雲は、飛沫に当たってちぎれ飛んだ。二人とも地面に飛び降りた。

韓越が己の周囲を飛び回らせていた火の玉は、飛沫を浴びてほとんどが消えた。わずかに残った一つの火球は、雷鬼の飛ばした球雷とぶつかって飛散した。もう韓越の身を守るものは何もない。

そして雷鬼が、この機を逃すはずはなかった。

韓越に向かって球雷二つを飛ばすと同時に、剣を構えて斬りかかった。

「覚悟……っ‼」

「笑止な！　最初とまるっきり同じ手か‼」

韓越が印を結ぶのが見えた。雷鬼の攻撃を防ぐ結界を作ったのだろう。左右から孤を描いて飛んだ球雷が、韓越の体の横一尺で、はじけて消える。

上から見ていた莉羽は息を詰まらせた。

あの仕掛けが使えるのは一回きりだ。韓越がもう一度火球を身にまとったら、もう消す手段はない。

雷鬼が斬りかかった。韓越が短刀で受ける。

「馬鹿め、相変わらず愚図な奴だ。同じ手で勝てるとでも……」

ふっ、と言葉が途切れた。顔に浮かんでいた勝ち誇った笑みが、こわばる。

韓越の脇腹に、小柄が深々と突き刺さっていた。

ようやくわかった。

雷鬼はわざと、最初とまったく同じ手順で韓越を攻撃したのだ。球雷をぶつけ、右手の長剣で上段から斬りかかった。かつての弟子の性格を知っている韓越は、それを雷鬼の鈍重さによる失敗と考えた。だが雷鬼は、韓越がそう考えるだろうと見抜いて、裏をかいた。

右手の剣で斬りかかり、左手に隠した小柄を韓越の脇腹へ突き立てたのだ。

「……終わりだ、韓越」

言いながら雷鬼は、小柄を引き抜いて二歩後ずさった。脇腹から噴水のように血を振り撒き、韓越が倒れる。

広場をどよめきが包んだ。

火球と球雷の応酬を恐れて、見物人はほとんどが避難した。広場に残っているのは警備兵だが、兵の最高位で指揮を執っていた韓越、すなわち宦官の盧範賛が死んだ。権力をほしいままにしてはいても、盧範賛が大抵の重臣に嫌われていたことは、目端の利く者なら皆知っている。死をきっかけに、勢力図が大きく動くかもしれない。このまま範賛の命令を遂行していいものかどうか、迷っているのだろう。

その時回廊の上段から、声が響いた。

「静まれ！　静まれーっ‼　光禄大夫として命じる！　皆、武器を収めよ！　緊急事態だ、そのまま次の指示を待て！」

冬波の声だった。避難せずに居残っていたらしい。

文官の冬波が兵士に命令を下すのは本来筋違いなのだが、武官の誰もが責任を負いたくなくて口をつぐんでいた節がある。冬波の声に、誰もがほっとしたような表情を見せた。

莉羽は黒耀とともに階段を走り下り、広場へ戻った。突っ立ったまま韓越を見下ろしている雷鬼に駆け寄ってすがりつく。

「先生！　ご無事ですか、先生……っ！」

「無事だ。……お、お前こそ、血まみれじゃないか！　見せてみろ‼」

うろたえきった声だった。「もうほとんど血は止まっています」と言う莉羽の声が、耳に入らない様子だ。自分の上着の袖を引きちぎって、莉羽の肩に押し当てる。

大きな手の力が、遠い記憶と重なる。

（先生だったんだ……三歳の時に、私を助けてくださったのは）

何か言わなければと思うのに、言葉が出てこない。ただ雷鬼にすがりついた。肩の痛みなど、気にならなかった。

しかしその時、黒耀が低く唸った。びくっとして莉羽は飛びすさった。

倒れていた韓越が頭を起こし、含み笑っている。まだ息絶えていなかったのだ。

「ふ……ふふ……わしの負けだ。雷鬼、よくぞここまで修行を積んだものよ」

「黙れ。今になって、兄弟子めいた口を利くな。……あの時は聞き損ねた。なぜ老師様を裏切った?」

鋭い刃を思わせる雷鬼の声音にも、韓越が怖《お》じる様子はない。口角を引き上げて笑う。

「あの老い朽ちた年寄りが、世迷い言を言ったからだ。『もう、教えることはない』とな」

莉羽には意味がわからなかった。師匠が弟子にもう教えることがないと言えば、それは修行の終了を意味するのではないのか。なぜそれが、裏切りにつながるのだろう。

雷鬼にも理解できないらしく、不得要領な顔をしている。

韓越が咳き込んだ。唾液に混じって血の塊がこぼれた。口元を赤く染めた韓越の笑みは、歪んで凄絶だった。

「奴は、『これ以上教えてもお前には理解できない』と言ったのだ。お前の方が、優れた資質を持っていると……自分の教えをすべて受け継ぐことができるのは、雷鬼だとな」

「……まさか」

「まさか、か。その通りだ、誰が聞いてもそう思うだろうよ。あの爺め、たわけたことを。あとから弟子になった薄汚い小僧ごときが、わしより優っているだと？　武技も学問も道術の修行も、すべてわしが手取り足取り教えてやったのではないか。認められるものか。奴が間違っているんだ。お前など、絶対に……」

雷鬼は、かつての兄弟子は親切だったと言った。だがそれは、自分より劣っていると見なした者にだけ施される、優越感に裏打ちされた偽善だったのかもしれない。師の言葉で序列が崩された時、雷鬼に対する偽りの優しさは、憎しみへと反転したのだろう。

「殺すことはできなかったが、その後のお前はどうなった？　爺の言いつけに背いて無様に負けたことを恥じて、師のもとへ戻ることもできず、無駄に年月を重ねた。……それに引き替え、わしは国を操り、栄華をほしいままにしたぞ。わしの方が優れている。優れているのだ。認めぬ。雷鬼など、決して……」

自分自身への賛美と雷鬼を貶める言葉を繰り返し、韓越は息絶えた。雷鬼が深く長い息を吐いた。ようやく決着がついた、という表情に見えた。

莉羽に寄り添っていた黒耀が、早く行こうと促すように鼻先をこすりつけてくる。莉羽はそっと周囲を見回した。まだ兵士たちは自分たちを遠巻きにして、途方に暮れたように固まっている。だが何がきっかけで自分と雷鬼を捕らえようと決めるかわからない。早く逃げた方がよさそうだ。

「先生」

「ああ、行こう。……一緒に来てくれるか、莉羽？」

雷鬼が問いかけてくる。

「も、もちろんです！　私は、先生にお話ししなければならないことが……」

「俺も、お前に聞いてほしいことがある」

雷鬼が印を結んで、呪を唱えた。作ったのは、二人と一匹が乗れる大きさの雲だ。疲れのせいか額に汗がにじんでいる。それでも莉羽と目が合うと、小さく笑ってくれた。莉羽の心が、ふわっと暖かく安らいだ。

莉羽と雷鬼、黒耀が雲に乗った時、遠くから呼ぶ声が聞こえた。回廊から下りてきた冬波が、こちらへ駆け寄ってくる。雷鬼が莉羽に問いかけてきた。

「どうする。冬波という男、王子のお前を担ぎ出して、今の政治を引っくり返したい様子だった」

思いがけない言葉だったが、それで納得がいった。冬波が牢まで会いに来たのは、そのためだったのだ。しかし莉羽は微笑して、首を横に振った。

「王となるためのことは何も学んではいませんし、王族に戻りたくもありません。先生が許してくださるなら、弟子でいたいんです」

王を操り悪政を続けた玉韓越は死んだ。

そしてちらりと見ただけでもわかるほど、王の顔は異常に黄色く、むくみきっていた。荒淫と暴飲暴食が、体を害してしまったのに違いない。もう、長くはないだろう。前王の忘れ形見をわざわざ担ぎ出すまでもなく、政治の方向を変えることができるはずだ。

雷鬼が頷いて、雲を天高く舞い上がらせた。

雷鬼が莉羽を連れて戻ったのは、山中の樵小屋だった。

黒耀は小屋には入らず、どこかへ走っていった。その方向に谷川があるから、水を飲みに行ったのだろうと雷鬼は言った。

雷鬼自身も疲れきっているはずだし、あちこちに傷や火傷を負っている。しかし案じる莉羽の言葉には耳を貸さず、「お前の方が重傷だ」と、莉羽の腕の傷を洗い、軟膏を塗ってくれた。清潔な布を巻きながら、雷鬼が呟く。

「他に傷はないか？　ひどい目に遭ったな。……すまない」

「そんな！　先生が私に謝ることなんて、何も」

莉羽は慌てて首を横に振った。

「囚われたのは私の素性が原因です。すみません、十年も一緒にいたのに隠していて……」

「謝る必要はない。俺も、韓越と俺の経緯を話せずにいた。信じていた兄弟子に裏切られ、利用されたこと……戦って敗れ、二度と消えない火傷を負わされたことが、情けなくて恥ずかしくて、言えなかった。すべてをお前に話して、韓越が名前を変えて王宮にいることを教えておけばよかったのに」

「それは、でも私が素性を隠していたせいもありますから」

「いや、韓越は俺を憎んでいた。俺とお前が関わっていることを知って、普通以上のひどい拷問をしたんじゃないのか？　大勢が見ている広場で、あんな真似までさせられて」

「……っ……」

思い出して莉羽は体が冷たくなるのを覚えた。表情にも動揺が現れたか、雷鬼が慌てた。

「すまない！　つらいことを思い出させるつもりはなかった。すまない」

「い、いえ……でもきっと、お蔑みになったでしょう。あんな浅ましい姿を晒して……」

「何を言う！　お前には何一つ落ち度はない、悪いのは韓越だ‼　俺がお前を蔑んだりするものか」

強い口調で遮ったあと、苦渋に満ちた声音で雷鬼が呻く。

「蔑まれるべきは俺だ。仮死状態になる薬まで使って、お前を試した。『一緒に死んでくれるだけの強い気持ちがないなら、韓越との戦いに巻き添えにはできない』などと、一見お前を思いやっているような形を作っていたけれど、本当は違う。お前に見捨てられるのが怖くて、傷つきたくなかったんだ」

「先生……」

莉羽の鼓動が急に速くなった。『見捨てられるのが怖い』という言葉は、雷鬼の、自分と一緒にいたいという気持ちを表しているのではないのか。

「お前が庵を出ていったあとは、あの冬波という男のもとへ走ったものだと思って、ひねくれていた。この小屋にこもって韓越と戦う支度に没頭して……没頭したふりで、お前のことを頭から追い払おうとしていた。冬波に会って話を聞くまで、お前が囚われたことをまったく知らなかったんだ。そのせいで助けが遅れて、お前につらい思いをさせた。すまない。許してくれ、莉羽」

うなだれる雷鬼を見て、莉羽はまだあの時の誤解を解いていないことを思い出した。

「あの時、薬を飲むつもりでした。でも直前にすぐ外で、鴉の声が聞こえたんです。だから、死ぬ前にまず、埋葬をすませなければならないと思って……先生や黒耀が鴉につつかれるのは、絶対にいやでしたから」

雷鬼が大きく目をみはった。近しい者の遺骸を鴉に食い荒らされることを、莉羽がどれほどいやがっているか、雷鬼はよく知っている。

砂金を持って庵を出たのは、街へ下りて棺を買い求めるためだったこと、けれど無頼漢にからまれて棺を買えず、しかも紋章入りの短刀を落としたのがきっかけで、兵士たちに囚われたこと——そう話すと、雷鬼は茫然として莉羽を見つめてきた。

「俺は、なんという過ちを……すまない。お前を疑い、試して、勝手に決めつけて……なんと言って詫びればいいか、わからない。俺は最低の卑怯者だ」

いてもたってもいられなくなったか、雷鬼が立ち上がって狭い小屋をうろうろと歩き回る。後悔のあまり柱に頭を叩きつけかねない様子を見て、莉羽も急いで立ち上がった。雷鬼の腕に手をかける。

「違います。先生は卑怯なんかじゃありません。もう一つ、聞いていただかなくてはいけないことがあるんです。……思い出してください。先生がその火傷を負った時のことを。韓越と戦ったのは、天富山の中腹にある、崖道の近くでしたね？」

「韓越に聞いたのか？」

当惑げに眉をひそめた雷鬼に、莉羽は首を振った。

「あの時、先生と韓越はどちらも雲に乗り、宙を飛んで戦っていました。その時偶然、崖道を通っていた行列がいたはずです。三歳になった私を、山参りに連れていく行列でした」

「……」

「崖崩れの衝撃で吹き飛ばされて、宙に飛んだ私を、誰かの手が受け止めてくださったんです。その直後に、悲鳴と呻き声が聞こえて、肉の焦げるにおいがして……」

莉羽の話を聞いていた雷鬼の表情が、少しずつ変わっていく。思い当たるところがあるらしい。やはりあれは雷鬼だったのだ。

「覚えていらっしゃるんですね。先生は私をかばって、韓越の攻撃をまともに受けてしまったんでしょう？　私を放り出せばよけられたかもしれないのに。いえ、一つ間違えば、先生は命を落としていたかもしれません。それなのに先生は、縁もゆかりもない子供をかばってくださったんです。卑怯なんかじゃありません」

雷鬼は茫然とした表情で呟いた。

「あの子供が、お前だったのか」

「そうです。ついさっき、広場で韓越と戦っている先生を見て、思い出したんです。……申し訳ありません」

「なぜ謝る」

「十五年前に先生が韓越に敗れたのは、私を助けようとして隙ができたせいです。顔に火傷を負って、苦しみ続けたのは、私のせいなんです。許してくださ……っ⁉」

強く抱きしめられて、莉羽の言葉が途切れた。

「莉羽っ……莉、羽……‼」

骨が軋むほどの力で抱きしめられ、頬ずりされる。

「せ、先生？」

「お前が無事でよかった。お前を守ることができて、本当によかった。この火傷が、お前を守るためだったと思うと……それで俺は、救われる。あの時手を離していたら、俺はお前と会えなかったんだ。よかった……莉羽。愛して、いる」

「……っ！」

「俺のような心の弱い男は、美しくて優しいお前にはふさわしくない。それはわかっている。だが……愛している。やっとわかった。お前が何よりも大事だ。お前が無事でいてくれれば、俺は何も要《い》らない。命も要らない。お前が俺から離れていってもいい、ただお前が、幸せに生きていてくれれば、それだけでいいんだ」

「先生……‼」

莉羽は背筋が震えるほどの嬉しさを味わった。夢中ですがりつく。

「私もです。先生をお慕いしています。お願いです、おそばに置いてください」

「莉羽……ほ、本当にいいのか？　俺で、構わないのか」

狂おしくうわずった口調で問いかけてくる雷鬼を、莉羽は抱きしめ返して答えた。

「先生だけ、です。先生以外の誰かなんて……先生こそ、私のような者で構わないのですか。私は大勢に身を任せただけでなく、広場で晒し者にまでされた、汚れた身で……」

「言うな！」

雷鬼が莉羽の両肩をつかみ、瞳をまっすぐ見据えてくる。

「お前は汚れてなどいない。何一つ、悪いことなどしていないんだ。お前は……‼」

言葉が途切れた。二人の顔が近づく。唇を重ねたのは、どちらからだったのだろうか。

頬が触れ合う。火傷の引きつった瘢痕は、硬くこわばってでこぼこしているけれど、莉羽にはその感触が愛おしい。自分を守ってくれた証だ。

ついばむように唇を味わう。

雷鬼の唇を探る莉羽の舌に、雷鬼の舌が触れ、からみついてきた。濡れた熱い感触に、胸がどきどきする。強くからめ返して、吸った。

唾液の味、舌の弾力、顔にかかる熱い吐息、すべてが初めて知るものばかりだった。

(これが、先生の舌……唇……)

雷鬼と触れ合った場所から、甘いしびれが広がり、体の芯へと伝わっていく。かつて自分を犯した男たちの記憶が——無理矢理に押しつけられた忌まわしい感覚が、消え失せていく。

もっとほしい。全身に雷鬼を与えてほしい。

押し倒されたのか、自分から身を横たえたのか、わからない。土を踏み固めただけの床に、二人は転がった。うわずった声で雷鬼が囁いてくる。

「ずっと、お前がほしかった。……こうして、じかに触れたかったんだ」

「先、生……」

「ただ、俺はこの顔になって以来、他人と、その……触れたことが、ないんだ。それ以前も、修行に明け暮れていて……ほとんど、知らない」

胸が苦しくなって、莉羽は視線を逸らした。

牢で容赦のない輪姦を受けた自分は、何人に汚されたのかわからない。犯しはしないまでも莉羽の体に悪戯をした者や、恥ずかしい姿を見た者は、数えきれないだろう。

「申し訳、ありません。こんな、汚れきった体で……」

「ち、違う！　そうじゃない、そんな意味じゃないんだ‼　さっきも言った、お前は少しも汚れてなどいない。俺が言いたいのは、その……多分、俺は、下手だ。お前を、傷つけないようにできる、自信がない。もし俺が焦って、お前を傷つけそうになったら……引っぱたいても、噛みついても、殴ってもいい。止めてくれ。お前を苦しめたくない」

雷鬼がこれほど、途切れ途切れの頼りない口調で喋るのを初めて聞いた。莉羽の胸を塞いでいた重苦しい気持ちが淡雪のように消え失せた。代わりに胸に満ちたのは、雷鬼への愛おしさだ。劣等感と孤独に苦しんできた雷鬼を、自分が包み込んで守りたい。

「先生……大丈夫です。何をなさっても、平気です。先生を……」

愛していますから——と、雷鬼の耳元へ囁いた。その瞬間、

「莉羽……莉羽っ‼」

かすれた声で名を呼び、雷鬼が荒々しく覆いかぶさってくる。莉羽の襟元をはだける手つきは、焦りのせいか乱暴でさえある。

それでも構わなかった。

莉羽が身にまとっているのは、黒耀が拾ってくれた長衣一枚きりだ。前を完全に開くと、

莉羽は全裸に近い姿になった。雷鬼が上体を起こし、自分の上着を脱ぎ捨てて袴の紐を解く。その間、雷鬼の眼差しが自分の体に注がれているのを感じ、莉羽は横を向いた。頬が燃えるように熱くて、目を合わせられない。

「あまり、見ないでください……恥ずかしい、です」

こぼれた自分の声は、ひどくうわずっていた。

「す、すまない。お前がこんなに綺麗だと、今まで気づいていなくて……子供の頃から、何度も見ているのに」

雷鬼の返事で、ますます体が熱くなった。声がうわずるのも心臓が高鳴るのも、羞恥のせいだけではないとわかっているから、一層気恥ずかしい。

(どうしよう。すごく、興奮してる……)

今まで何度も、男たちの欲望に晒された。体に与えられた快感に屈して、達した回数は数しれない。

けれどこんなふうに、嬉しくてどきどきしたことはなかった。

雷鬼が上体を起こした。逞しい牡が視界をかすめ、莉羽は身をこわばらせた。雷鬼は莉羽の両膝をつかみ、脚を深く折り曲げさせようとする。双丘の谷間に熱く硬いものが触れたのを感じて、莉羽は慌てた。

「ま、待って……待ってください。そのままじゃ、入らない、から……」

莉羽は雷鬼の腕に手をかけ、制止した。

早く受け入れて一つになりたいけれど、あまりにも雷鬼の牡が逞しい。自分の肉孔をほぐさないと、きっと裂けてしまう。何よりこのままでは摩擦が強すぎる。

雷鬼が困惑した様子で眉根を寄せた。

「どうしたら、いい？」

「何か潤滑液になるものを、塗り込んでください。でないと摩擦が強くて、痛いから……」

「……わかった」

答えたかと思うと、雷鬼が莉羽の両腿をしっかり押さえ、双丘の谷間へ顔を伏せてきた。

莉羽は狼狽の悲鳴をあげた。

「やっ……せ、先生、やめてくださいっ！　そんな場所、汚い……‼　あ、ぁっ！」

雷鬼の舌が後孔に触れてきた。排泄《はいせつ》のための場所であると同時に、韓越を始めとする大勢の男たちに蹂躙されつくした場所だ。そんな場所を雷鬼の舌で舐められるなど、恥ずかしくてたまらない。

「だめです、やめ……んぅっ！　お願いです、汚い、から……」

「お前に、汚い場所などない」

真摯な声に、莉羽の体が大きく震えた。

「で、でもっ……私は……」

「どこも、すべて……体も、心も……お前は、澄みきって、綺麗だ」

うわずった声で言い、雷鬼は再び莉羽の後孔に舌を這わせた。莉羽は両手で顔を覆った。いくら雷鬼が汚くないと言ってくれても、場所が場所だ。恥ずかしくてたまらず、全身の筋肉がこわばる。

けれど雷鬼の舌が、細かい襞の一筋一筋をほぐすようにして、唾液を塗りつけ始めると、身を固くしてはいられなくなった。

「ぁ……あ、ふぅ……んっ」

喘ぎ声が勝手にこぼれる。体がびくびくと震え、足が何度も宙を蹴った。

(あ、熱い……どうして、こんな……)

腰をつかまれて後孔に唾液を塗り込まれているだけなのに、全身のありとあらゆる場所に、甘いしびれが広がり、莉羽を内側からほてらせる。自分自身が熱を帯び、昂り始めたのを知って、莉羽はうろたえた。

「せ、先生っ、もう……もう、いいです……お願い、やめて……‼」

「え？　大丈夫か、どこか痛……」

痛むのか、と訊こうとしたのだろう。舌での愛撫《あいぶ》をやめて雷鬼が頭を起こした。が、その言葉は途中で切れた。

「痛くは、ないんだな……？」

雷鬼の視線が自分の肉茎に向いているのを知り、莉羽は片腕を上げて顔を隠した。

経験が浅いと白状していた雷鬼のことだから、わざわざ尋ねてきたのだろう。しかし、つらいのではなく、感じすぎてつい制止の言葉を口走った莉羽としては、雷鬼に確認されるのが、恥ずかしくてたまらない。さらに、後孔を愛撫されただけで半分勃ち上がっている己の体は、もっと恥ずかしかった。

片腕で顔を覆っていても、雷鬼の視線が自分の体を走るのがわかる。熱い。見られている場所の素肌が燃え上がるようだ。特に、後孔がひくひくと動くのが莉羽の羞恥を煽る。止めようと力を込めても、自分ではどうにもできないのだ。

後孔へはすでに充分唾液が塗り込まれている。できればこのあと、指でほぐしてもらう方が痛くない。けれど今、雷鬼に指を入れられたら、それだけできっと達してしまう。

「大丈夫、です。そんなに、見ないでください。先生に見られるだけで、体が熱くて……だから、もう……」

来てください――という言葉は、恥ずかしくて言えない。声ではなく唇の動きで伝えた。

「莉羽……」

雷鬼がかすれた声で名を呼び、莉羽の両腿をつかんだ。引き寄せられる。唾液で濡れた双丘の谷間に、熱く硬いものが触れるのを感じ、莉羽は息を詰まらせた。

雷鬼の牡だ。

韓越に犯されたのを皮切りに、数知れないほどの凌辱を受けた。知りたくなどなかったのに、怒張しきった肉茎を後孔だけでなく全身の肌にこすりつけられ、どんな感触なのかを教え込まされてしまった。

あの時は、いやでいやでたまらなかった。吐き気がするほどの嫌悪を覚えつつ、男たちに嬲られて昂る自分の体が、もっといやだった。

けれど今は違う。体に走った震えは、嫌悪ではなく喜びのせいだ。相手が雷鬼だというだけで、こんなにも感じ方が変わるものなのだろうか。体にこびりついて消えないと思っていた、過去の凌辱の記憶さえもが、雷鬼の感触に打ち消され、薄れて消えていくようだ。

だが、違う場所をぐいぐい押されては、痛い。

「先生……もう少し、下、です」

「あ、ああ……すまん」

焦りがにじんだ口調で言い、雷鬼が牡の当たっていた場所をずらす。後孔の小襞の中心にあてがうのがわかり、思わず莉羽は息を止めた。そのあと、意識して息を吐き、体の力を抜く。――誰よりも愛しく慕わしい人を、受け入れるために。

「んっ……く……ぁ、あああっ！」

声を出すのが恥ずかしくて、いったんは唇を引き結び、耐えようとした。しかし灼熱が、粘膜を押し広げて深々と侵入してくると、こらえきれなかった。

「あ、ぁう……先生……深、いっ……‼」

雷鬼が何か言ったが、よく聞き取れなかった。侵入は止まらず、一層深く貫かれる。苦しい。圧迫感が強い。けれどやめてほしいとは思わなかった。自分の体の内側が、雷鬼の形に変えられていくのがわかる。体も心も、充足していく。

「ぁ、はぁっ……先、生……先生っ……‼」

泣きじゃくりながら、莉羽は雷鬼の背に回した腕に力を込めた。それだけでは足りず、足を雷鬼の腰に回し、強くすがりつく。激しい突き上げに背中がこすれて、ひりひり痛んだ。それでも、離れたいとは思わなかった。

過去のつらい記憶が、自分の心にいつのまにか、大きな空洞をうがっていた。

それを、雷鬼が埋めてくれる。

誤解も思い過ごしもすべて消えて、今こうして、一つになっている。もっともっと、深くつながりたい。雷鬼の動きに合わせて、莉羽は腰を揺すった。貫かれた後孔も、自分と雷鬼の間に挟まれて、揉《も》みくちゃにされる肉茎も、気持ちよくてどうしようもなかった。

唾液だけでは摩擦を消すには足りなかったか、抜き差しの抵抗感は強い。けれどもそれさえ甘い刺激になった。粘膜がこすれ合う。

まだつながってから、わずかな時間しかたっていないと思うのに、全身が昂りきっている。熱く硬く、張りつめる。

そして自分の中で暴れる雷鬼も、一層逞しさを増していた。

「莉、羽っ……」

荒い息遣いの間に、かすれた声で雷鬼が名を呼ぶ。視線がからみ合う。雷鬼の牡がびくびくと震えて、一層大きくふくれ上がるのを感じ、莉羽は息を詰まらせた。

雷鬼の腰に回した脚に、力を込める。離れたくない。受け止めたいという思いからだったが、それが自分の肉茎に、思いがけない刺激になった。

「あ、ぁっ……」

喘いだ瞬間、雷鬼が太い杭を打ち込むような勢いで、莉羽の中へ沈めてきた。ずん、と音がしそうな衝撃に続いて、熱い液体を注ぎこまれた。

「……っ‼」

精液の熱さと量に、粘膜が甘くしびれる。覆いかぶさってきた雷鬼の重みさえもが、心地よい。快感は莉羽の腰に広がり、昂りきった肉茎を責めた。一気にほとばしった。

粘りけのある液体が、二人の体の隙間を満たした。

素肌を密着させたまま、莉羽と雷鬼はしばらく動かなかった。溶け合う鼓動が、じかに伝わる体温が、ほてった体から立ちのぼる汗の湯気さえも、心地よいものに感じた。

じっと寄り添っているうちに、雷鬼が身じろぎした。

「莉羽。……まだ、ほしい。いいか？」

自分の中で雷鬼が再び熱く猛り立つのがわかり、莉羽は微笑を向けた。

「私も、もっと、先生がほしいです。……ください」

見つめたら、雷鬼が顔を伏せてきて、唇を重ねてくれた。莉羽は自分から舌を入れた。雷鬼とつながっていることが嬉しかった。

エピローグ

どれほどの時間、抱き合っていただろうか。いつのまにか疲れ果てて眠ってしまい、気がつくとあたりはすっかり暗くなっていた。

二人が体を拭いて衣服を身につけていた時、黒耀が大きな雉《きじ》をくわえて戻ってきた。土の床に丸く石を並べただけの囲炉裏《いろり》で、雉の肉と携行食の粟餅《あわもち》を焼いて食べた。

黒耀は雉肉の一番いい部位を食べたあと、囲炉裏のそばに寝そべって眠ってしまった。

莉羽と雷鬼は何をするでもなく、けれどとても満ち足りた気分で、肩を寄せ合って焚き火を見つめていた。小枝のはぜるかすかな音や、揺れる炎の橙色《だいだいいろ》が心をなごませてくれる。

莉羽の髪を撫でながら雷鬼が言った。

「俺は、一度老師のもとへ戻るつもりだ」

言いつけに背いて勝手に韓越を追ったうえ、勝負を挑んで破れたために、老師に合わせる顔がなく、十五年近くも飛び出したままでいた。韓越との決着がついた今、まずは老師のもとへ戻って、勝手な行動を取ったことに対する詫びを入れ、許してもらえるなら、改めて修行をやり直したい――それが雷鬼の希望だった。

「莉羽。お前は、どうしたい？　もし行きたい場所があるなら連れていくし、どうしたいという希望があるなら、それに添うようにする。俺のことは、後回しで構わない」

「私は……」

莉羽は当惑した。

「私は、処刑されることしか考えていなくて……諦めきっていたので、将来のことなんて、何も思いつかなくて……」

一つだけわかっているのは、『雷鬼と一緒にいたい』ということだけだ。けれどそんなことを言ったら、雷鬼の負担にならないだろうか。口ごもっていると、雷鬼がそっと莉羽の肩を抱いて、囁いてきた。

「お前さえよかったら、一緒に来てはくれないか？」

「え……」

「以前俺が薬作りや簡単な術を教えた時も、熱心に学んでいた。勉強熱心で、道士に向いた気性だと思う」

「でも以前先生は、私には仙人になれる資質がないとおっしゃいました」

「今回の一件で、お前は自らの過去を断ち切った。隠すのではなく、けりをつけたんだ。そのことで、運勢が変わったのではないかという気がする。それにたとえ仙骨がないままでも、修行次第で道士にはなれる。もちろんお前がいやなら、無理強いはしないが……」

「いやじゃありません！　いやなわけがないです。私は先生のおそばにいられればいいんです。先生と黒耀と一緒にいられるなら……でも、先生の老師様とおっしゃる方が、許してくださるでしょうか」

「お許しがなければ、勝手に飛び出したことをお詫びしたあと、俺は老師からお暇《いとま》をいただく。お前と離れるつもりはない。ずっと一緒だ」

雷鬼がはっきりと宣言してくれたのが嬉しい。十五年前に出会い、離れ、十年前に再び出会った。過去の因縁を知らないままに、愛し、疑い、別れた。互いの負い目がその原因だったのだ。けれども、もつれ絡まった運命の糸は、今、正しく縒《よ》り合わされた。もう二度と、離れない。

広い肩に頭を乗せ、莉羽はちろちろ揺れる焚き火を見つめた。自然に笑みがこぼれてくる。限りなく幸せで、満ち足りた心地だった。

あとがき

こんにちは、矢城米花です。またもや中華風ファンタジーです。

私がファンタジー系の話を作ると、大抵、受は雑魚に輪姦されます。『王子隷属』しかり、『片翼の皇子』しかり、『汚された聖王子』しかり。

今回、原稿を読んだ担当さんから初めて、

「受けが可哀想だと思いました」

という感想が来ました。今までは「凌辱、キター‼」みたいな感じだったらしいのですが……なぜ？　いつもと同じように書いてるつもりなんだけどなぁ。

また、この話には脇役として犬が出てきます。私は立ち耳の狼犬ぽいのをイメージしていたんですが、文中では『ふかふかの大きな黒い犬』程度しか書いていません。

あとで担当さんからメールが来ました。

「イラストに入るかどうかはわかりませんが、どんな感じの犬ですか？　私はゴールデンレトリーバーのような垂れ耳犬をイメージしています」

……はて？　中国原産の犬ってどんな格好なんだろう。シーズー？　大きく違う。チャウチャウ？　むくむくなのはいいけど、何かが違う。シャーペイ？　迫力はあるけど、私が求める迫力と方向性が違う。

結局どんな犬になったかは、イラストで確かめてみてください。


王一先生、麗しいイラストをありがとうございました。カバーの完成イラストを見て、担当さんと激しく盛り上がりました。そして無理を聞き入れてくださった担当S様、その他、刊行に際してご尽力いただいた皆様に、深くお礼申し上げます。

そしてこの本を読んでくださった貴方に、心からの感謝を送ります。次作は、脇役の冬波を主役に据えたスピンオフです。

またお会いできることを、心から願っています。

矢城米花　　　拝

矢城米花先生、王一先生へのお便り、
本作品に関するご意見、ご感想などは
〒101-8405
東京都千代田区三崎町2-18-11
二見書房　シャレード文庫
「偽る王子　運命《さだめ》の糸の恋物語」係まで。

本作品は書き下ろしです

CHARADE BUNKO

偽《いつわ》る王子《おうじ》 運命《さだめ》の糸《いと》の恋物語《こいものがたり》

【著者】矢城米花《やしろよねか》

【発行所】株式会社二見書房
東京都千代田区三崎町2-18-11
電話　03(3515)2311[営業]
　　　03(3515)2314[編集]
振替　00170-4-2639
【印刷】株式会社堀内印刷所
【製本】ナショナル製本協同組合

落丁・乱丁本はお取り替えいたします。
定価は、カバーに表示してあります。

ISBN978-4-576-12051-5

http://charade.futami.co.jp/